作《さく》／モーリス・ルブラン
編著《へんちょ》／二《に》階《かい》堂《どう》黎《れい》人《と》　絵《え》／清《きよ》瀬《せ》のどか

怪《かい》盗《とう》アルセーヌ・ルパン

王《おう》妃《ひ》の首《くび》かざり

Gakken

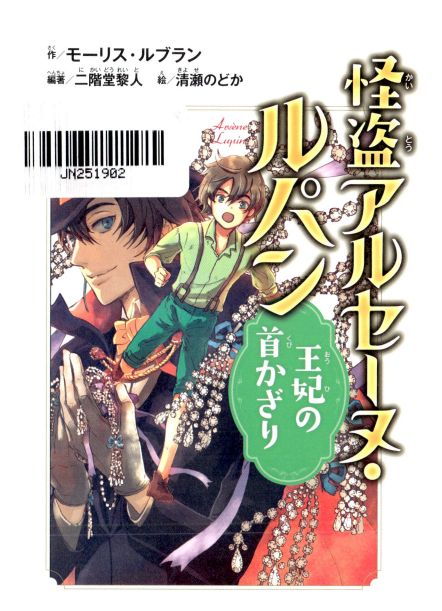

事件《じけん》ナビ

この本《ほん》に出《で》てくる事件《じけん》を
しょうかいしよう!

怪盗《かいとう》紳士《しんし》アルセーヌ・ルパン!

ねらった物《もの》はのがさない、世界一《せかいいち》の大《おお》どろぼう。
でも、じつは、やさしい紳士《しんし》。
そんな怪盗《かいとう》ルパンが主人公《しゅじんこう》の物語《ものがたり》。

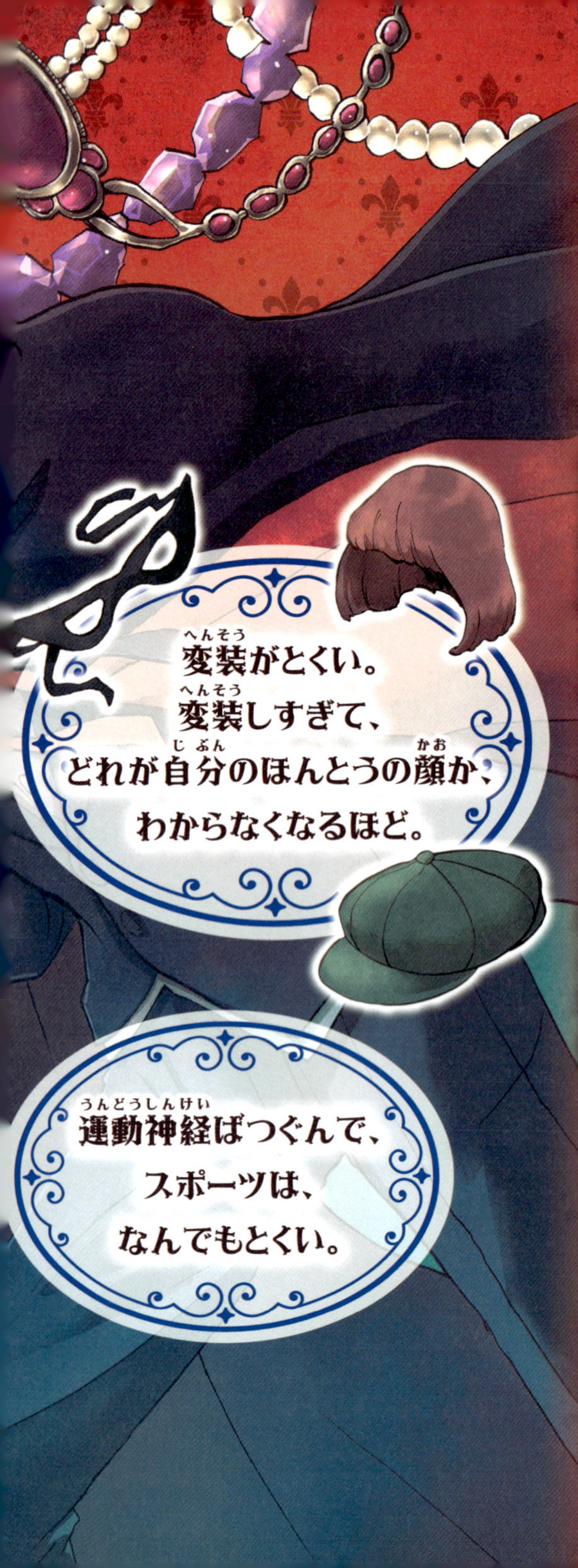

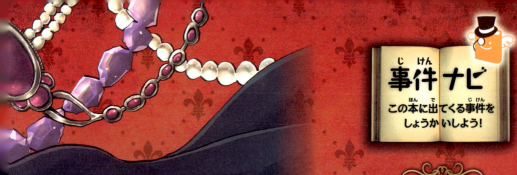

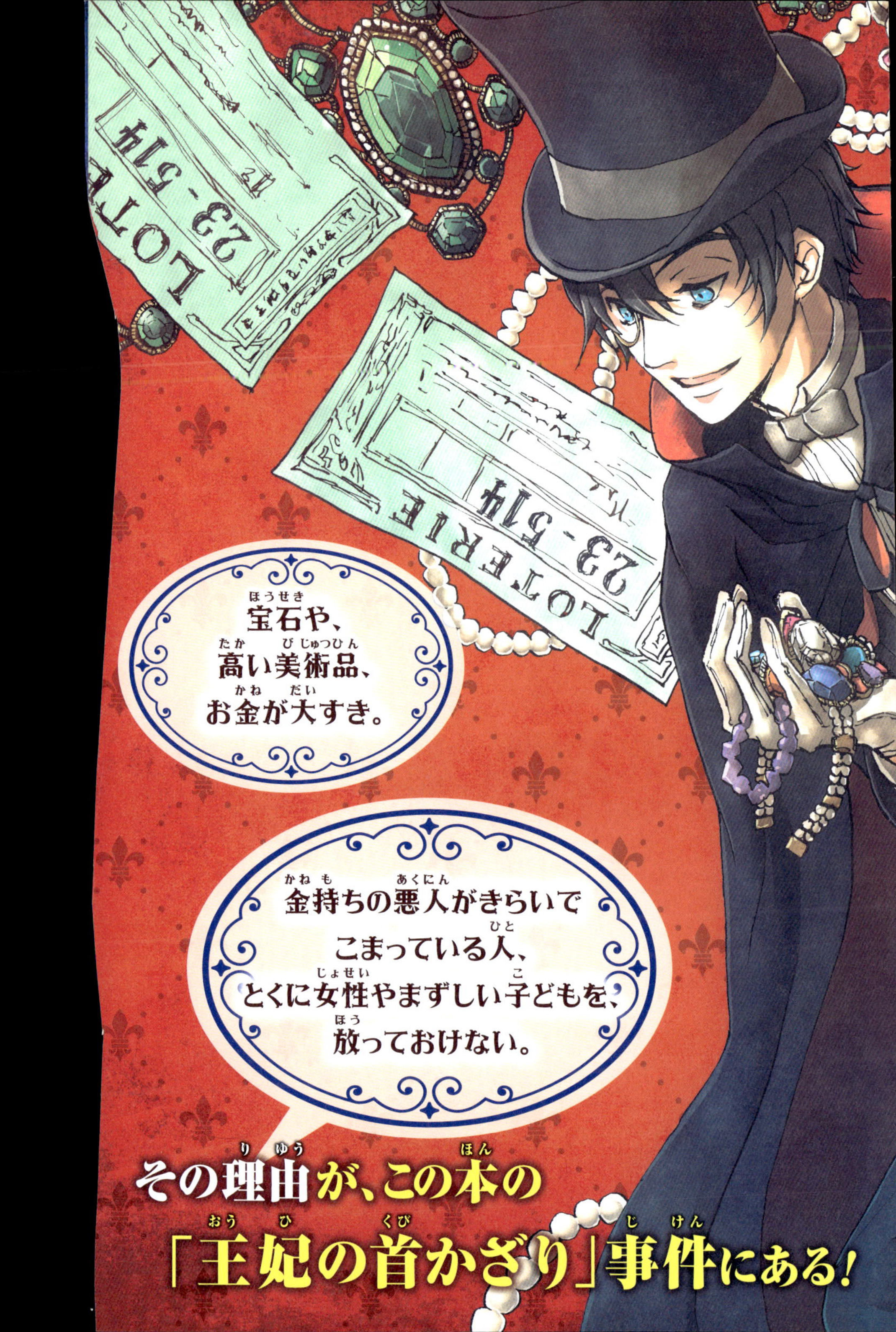
宝石《ほうせき》や、
高《たか》い美術品《びじゅつひん》、
お金《かね》が大《だい》すき。
金持《かねも》ちの悪人《あくにん》がきらいで
こまっている人《ひと》、
とくに女性《じょせい》やまずしい子《こ》どもを、
放《ほう》っておけない。
その理由《りゆう》が、この本《ほん》の
「王妃《おうひ》の首《くび》かざり」事件《じけん》にある！
LOTERIE
23-514

の首《くび》かざりが消《き》
王妃《おうひ》の首《くび》かざりがしまってあったところ
大《おお》きなまどには、かぎがかかっていた
ジャ
ドルー伯爵《はくしゃく》
屋《や》しきの主人《しゅじん》で、ジャンヌ夫人《ふじん》の夫《おっと》。
首《くび》かざりがない!?
それとも、のろい!?

王妃《おうひ》の首《くび》かざりが消《き》えた部屋《へや》

部屋《へや》を上《うえ》から見《み》た図《ず》

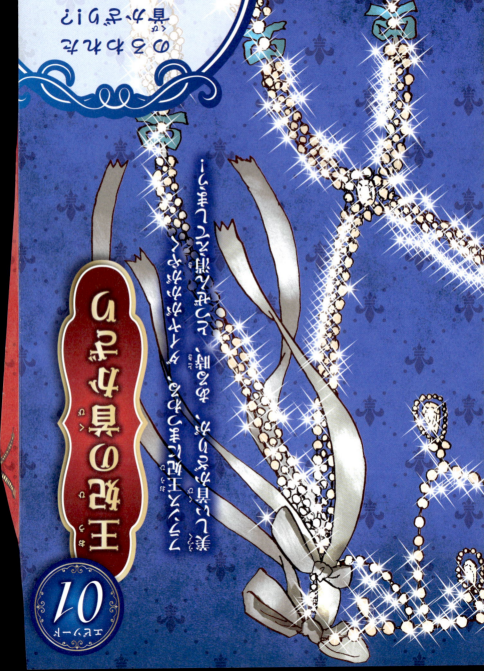

エピソード 01

王妃《おうひ》の首《くび》かざり

フランス王妃《おうひ》にまつわる、ダイヤがかがやく
美《うつく》しい首《くび》かざりが、ある時《とき》、とつぜん消《き》えてしまう!

のろわれた首《くび》かざり!?

フランス王妃《おうひ》マリー・アントワネットの、のろいがかかっていて、持《も》ち主《ぬし》には、いろいろなことが起《お》こると、うわさされている。

めくってね

エピソード
02

古《ふる》いかべかけのひみつ

※この本《ほん》では、児童向《じどうむ》けに、一部《いちぶ》エピソードを変更《へんこう》しています。

エピソード
01

王妃《おうひ》の首《くび》かざり

1 ルパンとわたし

「――ところで、ルブラン。きみは、〈王妃《おうひ》の首《くび》かざり〉のことを聞《き》いたことがあるかい。」

アルセーヌ・ルパンは、わたしに、そうたずねました。

わたしルブランは、作家《さっか》です。ルパンの活《かつ》やくや冒険《ぼうけん》を、小説《しょうせつ》にして発表《はっぴょう》しています。

ルパンという親友《しんゆう》と、今日《きょう》、ひさしぶりに会《あ》い、パリの街角《まちかど》にあるレストランで、[*1]カフェオレを飲《の》んでいるのです。

かれはにこやかに話《はな》しながら、わたしの心《こころ》を[*2]見《み》すかすような表情《ひょうじょう》をするため、わたしは、どきっとなることがよくあります。

ルパンは、天才的《てんさいてき》な大《おお》どろぼうで、しかも変装《へんそう》の名人《めいじん》です。かつらや化《け》しょうで顔《かお》をかえ、話《はな》し方《かた》やしぐさをそっくりにまねて、だれかになりすますのも、お手《て》のもの[*3]です。そして、ねらった物《もの》は、かならずぬすんでしまうのです。

ぬすむ相手《あいて》は、悪人《あくにん》か、けちんぼうの金持《かねも》ちと決《き》めており、こまった人《ひと》や、か弱《よわ》い女性《じょせい》、子《こ》どもたちの味方《みかた》です。ときには、ぬすんだ大金《たいきん》を、そういう人《ひと》たちに分《わ》けあたえます。そのため、世間《せけん》の人々《ひとびと》からは〈怪盗《かいとう》紳士《しんし》〉とか、〈まぼろしの怪盗《かいとう》〉とかよばれる人気者《にんきもの》でした。

「〈王妃《おうひ》の首《くび》かざり〉……たしか、大《おお》きなダイヤモンドがついた、有名《ゆうめい》な首《くび》かざりだよね。もしかしてルパン、きみは、次《つぎ》にそれをねらって

*1カフェオレ…コーヒーに、ほぼ同量《どうりょう》のあたためた牛乳《ぎゅうにゅう》を入《い》れた飲《の》み物《もの》。
*2見《み》すかす…相手《あいて》の気持《きも》ちや考《かんが》えなどを見《み》ぬく。　*3お手《て》のもの…よくなれていて、得意《とくい》なこと。

いるのかい。」

わたしがたずねると、ルパンは首《くび》をふりました。

「いいや、ねらってはいないよ。」

「じゃあ――。」

「ねえ、ルブラン。きみは作家《さっか》だから、この〈王妃《おうひ》の首《くび》かざり〉にまつわるふしぎな話《はなし》を、知《し》っておいたほうがいいよ。そうすれば、そのことを、小説《しょうせつ》に書《か》けるからね。」

ルパンは、にやりとわらいながらいいました。

「ならば、教《おし》えてくれたまえ。」

わたしがたのむと、ルパンは、カップをテーブルにおきました。

「この首《くび》かざりは、一七〇〇年代後半《ねんだいこうはん》のフランス王妃《おうひ》、マリー・アント

ワネットゆかりの物《もの》でね。ある*伯爵夫人《はくしゃくふじん》が、金《かね》をだましとろうとして作《つく》った物《もの》で、マリー王妃《おうひ》はまきこまれた立場《たちば》なのに、評判《ひょうばん》を落《お》とすこ

*伯爵《はくしゃく》…身分《みぶん》や家《いえ》がらが高《たか》く、とくべつな権力《けんりょく》をあたえられている階級《かいきゅう》の人《ひと》に使《つか》われるよび名《な》の一《ひと》つ。「伯《はく》」ともいう。

とになってしまったんだ。

首《くび》かざりには、おどろくほど多《おお》くのダイヤモンドがつらなり、中《なか》には三センチほどの大《おお》きなものもある。光《ひかり》が当《あ》たると、それらのダイヤが、まぶしいくらいに、たくさんの光《ひかり》をかがやかせるんだ。

マリー王妃《おうひ》は、もともと宝石《ほうせき》がすきで金《かね》づかいがあらいと悪《わる》くいわれていたんだが、このごうかで美《うつく》しい首《くび》かざりによって、さらに民衆《みんしゅう》にきらわれてしまった。そしてフランスで大革命《だいかくめい》が起《お》きて、国王《こくおう》のルイ十六世《せい》もマリー王妃《おうひ》も処刑《しょけい》されてしまった。

そのせいで、〈王妃《おうひ》の首《くび》かざり〉には、『マリー王妃《おうひ》の、のろいがかかっている』という、*不吉《ふきつ》なうわさが広《ひろ》がったんだ。

それから、その首《くび》かざりは、いろいろな人《ひと》の手《て》にわたった。しかし、手《て》に入《い》れた人《ひと》は、みんな不幸《ふこう》になってしまったという。最後《さいご》に、ドルー伯爵《はくしゃく》という、金持《かねも》ちの物《もの》になった。伯爵《はくしゃく》は、のろいのことを知《し》らなかったのかもしれない。妻《つま》のジャンヌにプレゼントしたんだ。今《いま》から二十五年前《ねんまえ》の話《はなし》だよ。」

「え、それで、どうしたんだい？」

「その五年後《ねんご》――今《いま》から二十年前《ねんまえ》の、ある夜《よる》。伯爵《はくしゃく》は、〈王妃《おうひ》の首《くび》かざり〉をしまった宝石箱《ほうせきばこ》を、寝室《しんしつ》のおくにある小部屋《こべや》にかくした。そこは、伯爵《はくしゃく》と夫人《ふじん》しか入《はい》れない場所《ばしょ》だ。なのに、朝《あさ》になったら、けむりのように、宝石箱《ほうせきばこ》が消《き》えてなくなっていたんだ。

伯爵《はくしゃく》も、警察《けいさつ》も、一生《いっしょう》けん命《めい》、首《くび》かざりをさがした。だけど、どこからも出《で》てこなかった。いったいどうして消《き》えたのか、あるいはだれ

*不吉《ふきつ》…よくないことが起《お》こりそうな気配《けはい》があること。

かにぬすまれたのか。ぜんぜんわからなかったんだよ。」

「うわ、それものろいとか、いうんじゃないだろうね。その話《はなし》、くわしく聞《き》かせてもらってもいいかい。」

「まあ、ちょっと長《なが》くなるけど、聞《き》いてくれ——。」

そういうと、ルパンはカフェオレを一口《ひとくち》飲《の》み、話《はな》しはじめたのです。

2 消《き》えた宝石箱《ほうせきばこ》

——その夜《よる》。

パリのカスティーユ宮殿《きゅうでん》で、金持《かねも》ちやえらい人《ひと》たちが集《あつ》まる、にぎやかなパーティーが開《ひら》かれました。だれもが、ごうかに着《き》かざっています。女性《じょせい》たちは、美《うつく》しい宝石《ほうせき》をたくさん身《み》につけていました。

中《なか》でも、ひときわ、みんなの目《め》をひいている女性《じょせい》がいました。ドルー伯爵夫人《はくしゃくふじん》

のジャンヌです。ごうかなドレスを着《き》たジャンヌの美《うつく》しさをきわ立《だ》たせているのは、有名《ゆうめい》な〈王妃《おうひ》の首《くび》かざり〉でした。数《かぞ》えきれないほどたくさんのダイヤモンドが、きらきらとまぶしく光《ひか》っています。

「伯爵夫人《はくしゃくふじん》は、なんて、すてきなのかしら！」

「あれが、〈王妃《おうひ》の首《くび》かざり〉なのね。あんなに大《おお》きなダイヤモンドなんて、はじめて見《み》たわ！」

ジャンヌと首《くび》かざりのあまりの美《うつく》しさに、だれもがおどろき、見《み》とれていたのです。

妻《つま》がみんなの注目《ちゅうもく》をあびているので、夫《おっと》のドルー伯爵《はくしゃく》も、とくい顔《がお》です。ジャンヌは、まるで昔《むかし》のフランス王妃《おうひ》マリーのように、かがやいて見《み》えました。

　ドルー伯爵夫婦《はくしゃくふうふ》は、*サン・ジェルマン地区《ちく》にある、古《ふる》くて、りっぱな屋《や》しきに住《す》んでいます。その日《ひ》、夫婦《ふうふ》が屋《や》しきに帰《かえ》ったのは、深夜《しんや》をすぎてからでした。

　広《ひろ》い寝室《しんしつ》に入《はい》ると、伯爵《はくしゃく》は、妻《つま》の首《くび》かざりをはずしてやりました。妻《つま》はそれを、ていねいに、宝石箱《ほうせきばこ》に入《い》れました。

「なんだか、つかれてしまったわ。あなた、これを、いつものところにおいてくださいな。」

「ああ、わかった。大事《だいじ》な家宝《かほう》だからね。」

　妻《つま》がたのむと、ドルー伯爵《はくしゃく》は宝石箱《ほうせきばこ》を受《う》けとり、となりの小部屋《こべや》に持《も》っていきました。

＊サン・ジェルマン…サン・ジェルマン・アン・レーのこと。フランスのパリ近《ちか》くの地域《ちいき》で、高台《たかだい》にあり、パリ市内《しない》やセーヌ川《がわ》を見《み》わたすことができる。昔《むかし》から高級住宅地《こうきゅうじゅうたくち》とされる。

そこは、せまい部屋《へや》で、洋服《ようふく》やドレスがあふれています。おくには、背《せ》の高《たか》い洋服《ようふく》だなとタンスがならんでいて、そのタンスの上《うえ》には、帽子《ぼうし》が入《はい》った箱《はこ》が四つ、おいてあります。伯爵《はくしゃく》は、宝石箱《ほうせきばこ》を、箱《はこ》の後《うし》ろにかくしました。ふだんは銀行《ぎんこう》＊1の貸金庫《かしきんこ》にあずけていますが、パーティーなどで使《つか》ったあとは、いつもここにおいておくのでした。

あくる朝《あさ》。

先《さき》に起《お》きたドルー伯爵《はくしゃく》は、朝食《ちょうしょく》を食《た》べて、午前中《ごぜんちゅう》の用事《ようじ》を終《お》えると、寝室《しんしつ》にもどりました。ジャンヌはメイド＊2にてつだわせて、化《け》しょうをしていました。

かがみの前《まえ》で髪《かみ》をといている妻《つま》に、伯爵《はくしゃく》はいいました。

「ジャンヌ。これから、わたしは銀行《ぎんこう》に行《い》ってくるよ。」

＊1貸金庫《かしきんこ》…銀行《ぎんこう》が、金庫室《きんこしつ》にそなえつけた保管箱《ほかんばこ》。利用者《りようしゃ》は、宝石《ほうせき》などの高価《こうか》な物《もの》や大切《たいせつ》な物《もの》を、使用料《しようりょう》をはらって保管《ほかん》してもらう。＊2メイド…主人《しゅじん》の身《み》の回《まわ》りの世話《せわ》をする、女性《じょせい》の使用人《しようにん》。

「では、大事《だいじ》な首《くび》かざりも、貸金庫《かしきんこ》に入《い》れてきてくださいね。」

ジャンヌ夫人《ふじん》は、小部屋《こべや》のほうへ、目《め》を向《む》けました。

じつは、伯爵夫婦《はくしゃくふうふ》はけっこうな金持《かねも》ちでしたが、たいへんなけちんぼうでもありました。〈王妃《おうひ》の首《くび》かざり〉は何《なに》より大事《だいじ》なものなので、とても用心《ようじん》していたのです。

伯爵《はくしゃく》は小部屋《こべや》に入《はい》り、タンスの上《うえ》に手《て》をのばしました。帽子箱《ぼうしばこ》をどけて、後《うし》ろの宝石箱《ほうせきばこ》を取《と》ろうとしたのです。

「あれ？　どうしたんだ。」

さく夜《や》、そこにおいたはずの宝石箱《ほうせきばこ》が、見当《みあ》たりません。

「ない！　そんなばかな！」

あせった伯爵《はくしゃく》は、帽子箱《ぼうしばこ》をみんなどかして、宝石箱《ほうせきばこ》をさがしました。

横《よこ》にある洋服《ようふく》だなの上《うえ》も見《み》ました。タンスの引《ひ》き出《だ》しの中《なか》も調《しら》べたのですが――。

「ないぞ。宝石箱《ほうせきばこ》がない！」

ショックのあまり、伯爵《はくしゃく》は大《おお》きく目《め》を見開《みひら》きました。

「――あなた、どうなさったの？」

夫《おっと》の声《こえ》を聞《き》きつけ、ジャンヌがおどろいて、入《はい》ってきました。

「〈王妃《おうひ》の首《くび》かざり〉がないんだ。さく夜《や》、このタンスの上《うえ》においたのに、今見《いまみ》たら、なくなっているんだ。おまえ、どこかに動《うご》かしてないか。」

「知《し》りません。わたくしは、ぜんぜんふれていません。わたくし、あなたに、ここへおいてといいましたわ！」

「だが、それが消《き》えてしまったんだよ。」

「そんな！」

ジャンヌの顔《かお》は、真《ま》っ青《さお》でした。

「おまえは、この部屋《へや》に入《はい》ってないのだな。」

伯爵《はくしゃく》が、ねんをおすようにいいました。

「入《はい》っていませんよ。わたしは、朝《あさ》起《お》きてからずっと、となりの寝室《しんしつ》に

おりました。小部屋《こべや》のドアには、さわってもいませんわ。」

「……では、〈王妃《おうひ》の首《くび》かざり〉はぬすまれたのだ！　だれかがここにしのびこみ、宝石箱《ほうせきばこ》ごと、持《も》っていったのだ――。」

伯爵《はくしゃく》はこぶしをにぎりしめ、くやしそうに歯《は》ぎしりしりしました。

この小部屋《こべや》には、ドアが一《ひと》つあるだけです。ほかに出入《でい》り口《ぐち》は、ありません。洋服《ようふく》だなの後《うし》ろにまどがありますが、それは昔《むかし》から、ずっとしめきったままです。洋服だなが動かされたようすも、ありませんでした。

「わたくしはずっと、寝室《しんしつ》にいましたわ。あなたのほかには、だれも、ここに入《はい》った者《もの》はおりませんよ。」

ジャンヌは、消《き》え入《い》りそうな声《こえ》でいいました。よほどショックなのでしょう。体《からだ》も、がたがたふるわせています。

二人《ふたり》は、メイドにもてつだわせ、小部屋《こべや》の中《なか》にある物《もの》をすべて外《そと》に出《だ》して、すみずみまで調《しら》べました。しかし、どこからも、宝石箱《ほうせきばこ》は出《で》てきませんでした。

3 うたがい

ドルー伯爵《はくしゃく》は、急《いそ》いで警察《けいさつ》をよびました。

前々《まえまえ》から知《し》り合《あ》いである、バロルブ警察署長《けいさつしょちょう》が、部下《ぶか》をつれてきました。伯爵《はくしゃく》から、どういう事件《じけん》か聞《き》きおえると、バロルブはたずねました。

「小部屋《こべや》に入《はい》るには、この寝室《しんしつ》を通《とお》るしかないのですね。」

「そうだよ、バロルブ。だが、わたしも妻《つま》も、ここでねていた。だれかがしのびこんできたのなら、いくらなんでもわかったはずだ。それに、寝室《しんしつ》のドアには、かぎをかけておいた。いつも、そうするんだ。」

「朝《あさ》、起《お》きたとき、そのかぎは、かかっていましたか。」

「ああ。」

「小部屋《こべや》の出入《でい》り口《ぐち》は、一《ひと》つですね。」

「ああ、そこのドアだけだ。」

「この古《ふる》い屋《や》しきにつたわる、ぬけ道《みち》などは、ありませんか。」

「ない。」

と、伯爵《はくしゃく》は、いらいらしたように、バロルブにいいました。

「小部屋《こべや》にまどは？」

「洋服《ようふく》だなのうら側《がわ》に、まどがある。だが、かぎをかけて、ずっとしめきったままだ。それに、洋服《ようふく》だなは重《おも》くて、かんたんには動《うご》かない。」

「いちおう、調《しら》べてみましょう。」

二人《ふたり》は小部屋《こべや》に入《はい》り、宝石箱《ほうせきばこ》をのせたタンスと、洋服《ようふく》だなを調《しら》べてみました。ほこりがつもっていて、伯爵《はくしゃく》のいったとおり、どちらも長《なが》い間《あいだ》、動《うご》かしていないのは、たしかでした。

「ドルー伯爵《はくしゃく》、まども、見《み》てみましょう。」

バロルブ警察署長《けいさつしょちょう》と伯爵《はくしゃく》は、洋服《ようふく》だなをずらしてみました。まどは、ゆかから一メートルほど上《うえ》にありました。たてが一メートル二十センチほど、はばは八十センチほどです。外《そと》に向《む》けて、二まいのと

びらを左右《さゆう》におしあけることができる仕組《しく》みで、今《いま》は、ねじこみ式《しき》のかぎが、しっかりとさしてありました。

その上《うえ》に、回転式《かいてんしき》の小《こ》まどがありました。右《みぎ》はしにぶらさがっているひもを引《ひ》っぱると、金具《かなぐ》の止《と》め金《がね》がはずれ、小《こ》まどの上《うえ》のほうが手前《てまえ》にたおれます。

「バロルブ。見《み》てのとおり、まども小《こ》まどもしまっていた。また、洋服《ようふく》だなが前《まえ》にあるから、どのみち、人間《にんげん》が出入《ではい》りすることはできんぞ。」

伯爵《はくしゃく》は、ふくれっつらでいいました。

「そうですな。しかし、そうなると、ふしぎです。犯人《はんにん》は、どうやって、寝室《しんしつ》や小部屋《こべや》にしのびこみ、また、出《で》ていったのでしょうか。」

「それがわからんから、きみをよんだのだ。」

「まどの外《そと》は、中庭《なかにわ》ですね。」

ほこりでくもったガラスに顔《かお》を近《ちか》づけ、バロルブがたずねました。

「そうだよ。」

「寝室《しんしつ》と小部屋《こべや》の上《うえ》は？」

「二階《かい》にある展示室《てんじしつ》で、油絵《あぶらえ》などの美術品《びじゅつひん》がかざってある。」

３　うたがい

「高価《こうか》な物《もの》ですかな。」

「ああ、しかし、無事《ぶじ》だった。首《くび》かざりのほかは、いっさいぬすまれていなかった。」

と、伯爵《はくしゃく》は、少《すこ》しだけほっとした顔《かお》になりました。

「使用人《しようにん》たちの部屋《へや》は、どこですか。」

「三階《かい》にある。みんな、昔《むかし》からここではたらいていて、あやしい者《もの》はいないがね。」

「一階《かい》には、あなたがたしかいないのですね。」

「いいや。ろう下《か》の角《かど》を曲《ま》がった、いちばんおくの部屋《へや》に、アンリエットと、そのおさないむすこの、ラウールが住《す》んでいる。」

この邸宅《ていたく》は、中庭《なかにわ》を真《ま》ん中《なか》において、コの字形《じがた》をしています。

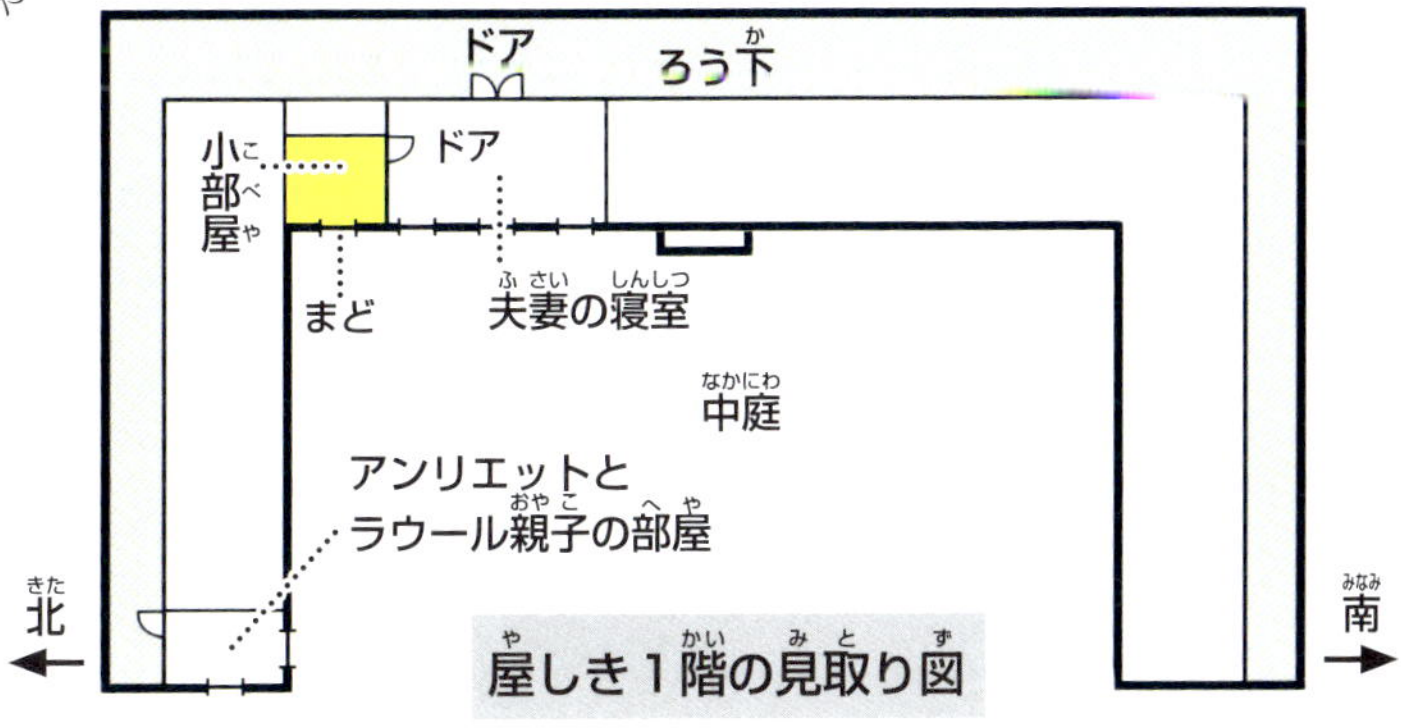

屋《や》しき１階《かい》の見《み》取《と》り図《ず》

伯爵夫婦《はくしゃくふうふ》の寝室《しんしつ》は、東側《ひがしがわ》のろう下《か》ぞいにあり、アンリエット親子《おやこ》の部屋《へや》は、北側《きたがわ》のろう下《か》の西《にし》はしにあると、伯爵《はくしゃく》はバロルブ警察署長《けいさつしょちょう》に教《おし》えました。

「どういう人《ひと》たちですか。」

「アンリエットは、妻《つま》の友人《ゆうじん》だ。くわしくは、ジャンヌにきいてくれ。」

伯爵《はくしゃく》にいわれて、バロルブ警察署長《けいさつしょちょう》はすぐに、寝室《しんしつ》で待《ま》っていたジャンヌ夫人《ふじん》に、アンリエット親子《おやこ》のことをたずねました。

ジャンヌは、落《お》ちつかない声《こえ》で、答《こた》えました。

「アンリエットは、わたくしの女学生時代《じょがくせいじだい》の友人《ゆうじん》です。よい身分《みぶん》の出《で》だったのですが、まずしい男性《だんせい》をすきになり、家出《いえで》をし結婚《けっこん》して、その夫《おっと》は早《はや》くに亡《な》くなりましたの。一人《ひとり》むすこのラウールを育《そだ》てるお金《かね》もな

くて、こまっていたので、わたくしたちが、引《ひ》きとってさしあげたのですわ。その代《か》わり、この屋《や》しきのことや、わたくしの世話《せわ》などをしてもらっています。心《こころ》のやさしい、ものしずかな人《ひと》ですよ。」

「アンリエットは、あなたがさく夜《や》、パーティーで、〈王妃《おうひ》の首《くび》かざり〉をつけることを知《し》っていましたか。」

「ええ。わたくしがドレスを着《き》るのを、かのじょにてつだってもらいましたから。」

「その親子《おやこ》は、いつから、この屋《や》しきにいるのですか。」

「三年前《ねんまえ》からですわ。」

「こまっている人《ひと》に手《て》をさしのべるとは、おくさまは、おやさしいのですね。まるで、天使《てんし》のようなお方《かた》だ。」

と、バロルブ警察署長《けいさつしょちょう》がほめると、
「いいえ。わたくしは、あたりまえのことをしたまでですわ。」
と、ジャンヌ夫人《ふじん》は、ほほえみました。

「ところで、おくさまは、だれが、宝石箱《ほうせきばこ》をぬすんだとお思《おも》いですか。」

バロルブの問《と》いに、ジャンヌは、こまったような顔《かお》になりました。

「わかりませんわ。とにかく、首《くび》かざりが、無事《ぶじ》に返《かえ》ってきてくれることを、ねがうばかりです。わたくしの気持《きも》ちは、それだけですの。」

「宝石箱《ほうせきばこ》を、夜《よる》、小部屋《こべや》にしまうことを、だれが知《し》っていましたか。」

「わたくしと、主人《しゅじん》と……アンリエットも、知《し》っていたはずです。」

妻《つま》の答《こた》えを聞《き》いて、伯爵《はくしゃく》が口《くち》をはさみました。

「バロルブ。きみは、アンリエットをうたがっているのかね。」

バロルブ警察署長《けいさつしょちょう》は、首《くび》をふりました。

「いいえ、わたしはまだ、だれもうたがっていません。しかし、こうしたぬすみは、その家《いえ》の者《もの》——家族《かぞく》や使用人《しようにん》によるものが多《おお》いのですよ。

犯罪《はんざい》を調《しら》べていると、そういうことによく出会《であ》うものなのです。

だから、アンリエットさんにかぎらず屋《や》しきにいるすべての人《ひと》に、話《はなし》をきいてまわるつもりです。」

「なるほど。」

「それでは、まずアンリエットさんの部屋《へや》を、見《み》に行《い》きましょう。」

そういって、バロルブ警察署長《けいさつしょちょう》と伯爵《はくしゃく》は、部屋《へや》を出《で》たのでした。

4 母《はは》と子《こ》

　バロルブ警察署長《けいさつしょちょう》とドルー伯爵《はくしゃく》が、親子《おやこ》の部屋《へや》に入《はい》ると、アンリエットは、ぬいものをしていました。苦労《くろう》が多《おお》いのでしょうか。つかれて、やつれた顔《かお》をしていました。

　その横《よこ》では、六、七歳《さい》と思《おも》われる子《こ》どもが、本《ほん》を読《よ》んでいます。わんぱくざかりの男《おとこ》の子《こ》で、かしこそうな顔《かお》をしています。アンリエットの一人《ひとり》むすこの、ラウールです。

「アンリエット、こちらはバロルブ警察署長《けいさつしょちょう》だ。かれのたずねることに、正直《しょうじき》に答《こた》えてほしい。」

きびしい声《こえ》で伯爵《はくしゃく》がいうと、アンリエットは立《た》ちあがり、ふしぎそうな顔《かお》をしました。

「どうかなさいましたか、伯爵《はくしゃく》さま？」

伯爵《はくしゃく》が、どろぼうが入《はい》ったかもしれないと教《おし》えると、アンリエットは、

「まあ、なんて、おそろしいことでしょう！」

と、ひどくおどろきました。

バロルブは、室内《しつない》を見回《みまわ》して、おやっと思《おも》いました。

伯爵夫婦《はくしゃくふうふ》の寝室《しんしつ》は、ごうかできれいでしたが、ここはひどくそまつなのです。

たった一間《ひとま》のせまい部屋《へや》で、元《もと》は物置《ものおき》だったようです。しきものもなければ、ストーブもありません。シーツに穴《あな》があいたベッドに、いたんだつくえといす、おくのほうに、形《かたち》だけの小《ちい》さな台所《だいどころ》があるだけです。

親子《おやこ》が着《き》ている服《ふく》も、古《ふる》くて、つぎはぎだらけでした。

「あなたは、〈王妃《おうひ》の首《くび》かざり〉のことをごぞんじですね。」

バロルブが、アンリエットに、たずねました。

「もちろんです。有名《ゆうめい》な首《くび》かざりですから。」

「最後《さいご》に、いつ、それを見《み》ましたか。」

「きのうですわ。わたくしは、おくさまが、ドレスを着《き》るのをおてつだいしましたから。首《くび》かざりを、首《くび》に巻《ま》いてさしあげました。」

「それが、けさ、宝石箱《ほうせきばこ》ごとなくなっていたわけです。事件《じけん》について、何《なに》か思《おも》いあたることはありませんか。きのうの夜《よる》から今日《きょう》の朝《あさ》にかけて、あやしい物音《ものおと》を聞《き》いたとか、あやしい人物《じんぶつ》を見《み》たとか。」

アンリエットは、首《くび》をふりました。

「いいえ、何《なに》もぞんじません。」

「ちょっと、失礼《しつれい》しますよ——。」

バロルブ警察署長《けいさつしょちょう》は南側《みなみがわ》のまどに近《ちか》より、それを開《あ》けてみました。顔《かお》をつきだすと、中庭全体《なかにわぜんたい》が見《み》えましたが、あの小部屋《こべや》の前《まえ》には、えだの多《おお》い太《ふと》い木《き》が立《た》っていて、まどをかくしていました。

「もしかして、犯人《はんにん》はこの部屋《へや》を通《とお》り、中庭《なかにわ》へ出《で》て、伯爵夫婦《はくしゃくふうふ》の寝室《しんしつ》のところへ行《い》ったのかもしれませんな。」

バロルブはふりかえり、わざとそういいました。アンリエットの表情《ひょうじょう》が、かわるかどうか、知《し》りたかったからです。

「まさか、そんなことはありませんわ。わたくしとラウールは、きのうの夜《よる》、この部屋《へや》にずっといて、だれも見《み》てませんもの。」

と、アンリエットは目《め》を丸《まる》くして、いいました。

「ほんとうですか。」

「はい。それに、宝石箱《ほうせきばこ》があった小部屋《こべや》は、まどが開《あ》きませんでしょう。」

その言葉《ことば》を聞《き》いて、バロルブはまゆをぴくりと動《うご》かしました。

「どうして、あの小部屋《こべや》に、宝石箱《ほうせきばこ》があったことを、あなたは知《し》っているのですか、アンリエットさん。」

「だって、夜《よる》には、あそこに宝石箱《ほうせきばこ》をしまうと……前《まえ》に、おくさまが、おっしゃっていましたから……。」

そう答《こた》えて、アンリエットは、はっと顔《かお》をこわばらせました。自分《じぶん》がうたがわれていると、気《き》づいたからです。

「……ラウール。」

かのじょは、自分《じぶん》の子《こ》どもを引《ひ》きよせ、しっかりとだきしめました。

ラウールが心配《しんぱい》そうに母《はは》の顔《かお》を見上《みあ》げ、その手《て》を強《つよ》くにぎります。

それを見《み》て、伯爵《はくしゃく》がいいました。

「バロルブ。アンリエットは、うそをいわない女性《じょせい》だ。」

バロルブ警察署長《けいさつしょちょう》は、深《ふか》くうなずきました。

「あなたがそういうのなら、そうなのでしょう。」

バロルブと伯爵《はくしゃく》は、ほかの場所《ばしょ》を調《しら》べるため、部屋《へや》を出《で》ました。

5 警察《けいさつ》の調《しら》べ

それから警察《けいさつ》は、バロルブ警察署長《けいさつしょちょう》のもと、ドルー伯爵《はくしゃく》の屋《や》しきの中《なか》や、ほかの使用人《しようにん》たちをくわしく調《しら》べました。しかし、〈王妃《おうひ》の首《くび》かざり〉も、これをぬすんだと思《おも》われる者《もの》も、見《み》つかりませんでした。

警察《けいさつ》は、アンリエットのことも、しっかり調《しら》べました。かのじょには身《み》よりがなく、この三年間《ねんかん》で、外《そと》へ出《で》かけたのは、三回《かい》しかありません。それも、伯爵夫人《はくしゃくふじん》がお使《つか》いをたのんだからです。事件《じけん》のあとだって、ずっと屋《や》しきの中《なか》にいました。

つまり、アンリエットが首《くび》かざりをぬすんだとしても、それをどこか外《そと》にかくしたり、だれかにわたしたりはできないわけです。

使用人《しようにん》たちが、こっそり教《おし》えてくれたことによると、伯爵夫人《はくしゃくふじん》はいじわるで、とくに、アンリエットにはつらくあたっているといいます。

「ここだけの話《はなし》ですが、ジャンヌさまは、けちんぼうで、おこりっぽく、なまけ者《もの》で、そのくせ使用人《しようにん》にはきびしい人《ひと》なのです。」

「アンリエットさんは、やさしくて、仕事《しごと》も一生《いっしょう》けん命《めい》になさります。それなのに、おくさまは、いつもアンリエットさんに、いじわるばかりいっているんですよ。女学校時代《じょがっこうじだい》の友人《ゆうじん》だというのに……。」

それを聞《き》いて、バロルブは、「やはりそうだったか」と思《おも》いあたりました。ジャンヌは、こまっているアンリエットを引《ひ》きとったと自《じ》まんしていました。しかし、親子《おやこ》のみすぼらしい部屋《へや》を見《み》れば、あまり大事《だいじ》に

されていないことは、明《あき》らかでした。

それにしても、ふしぎな事件《じけん》です。

犯人《はんにん》は、いったいどこから、あの寝室《しんしつ》にしのびこみ、どうやって、にげたのでしょう。それに、どうして、小部屋《こべや》に〈王妃《おうひ》の首《くび》かざり〉が、かくしてあると、知《し》っていたのでしょう。

首《くび》かざりのありかを知《し》っていたのは、伯爵夫婦《はくしゃくふうふ》をのぞくと、アンリエットだけのはずです。けれども、寝室《しんしつ》のドアにはかぎがかかっていて、ベッドには夫婦《ふうふ》がねていました。小部屋《こべや》のまどもしまっていました。アンリエットが、ぬすむために入《はい》れたはずがないし、出《で》ていくことだって、できません……。

ねんのため、バロルブ署長《しょちょう》は、ドルー伯爵家《はくしゃくけ》のことを調《しら》べてみました。

すると、思《おも》いがけないことが、わかりました。

世間《せけん》は、伯爵夫婦《はくしゃくふうふ》を、たいへんなお金持《かねも》ちだと思《おも》っていました。けれども、いつもはでな生活《せいかつ》をし、むだづかいをしていたので、かりているお金《かね》も多《おお》かったのです。

〈もしかして、お金《かね》にこまったドルー伯爵《はくしゃく》が、こっそり、〈王妃《おうひ》の首《くび》かざり〉を売《う》りはらったのではないだろうか。それをごまかすため、ぬすまれたふりをしたのかもしれない。〉

バロルブ警察署長《けいさつしょちょう》は、そんなことも考《かんが》えました。

しかし、首《くび》かざりをぬすまれたあとも、伯爵《はくしゃく》が、大金《たいきん》を手《て》に入《い》れたようすは見《み》られませんでした。

四か月後《げつご》に、警察《けいさつ》は、この事件《じけん》をまったく解決《かいけつ》できないまま捜査《そうさ》を打《う》ちきりました。

6 アンリエットからの手紙《てがみ》

さて、有名《ゆうめい》な〈王妃《おうひ》の首《くび》かざり〉がぬすまれたことは、すぐに、世間《せけん》に知《し》れわたりました。すると、ドルー伯爵《はくしゃく》にお金《かね》をかしていた人《ひと》たちがみんな、お金《かね》を返《かえ》してくれといいはじめました。いざとなれば、首《くび》かざりを売《う》って返《かえ》してくれると思《おも》っていたのに、それがぬすまれてしまったからです。

そのため、仕方《しかた》なく伯爵《はくしゃく》は、広《ひろ》い土地《とち》を、どんどん売《う》って、お金《かね》にかえなくてはなりませんでした。

伯爵夫人《はくしゃくふじん》も、前《まえ》のように、ぜいたくができなくなりました。それでいつもきげんが悪《わる》く、アンリエットに八《や》つ当《あ》たりをして、とうとう親子《おやこ》を、屋《や》しきから追《お》いだしてしまったのです。

アンリエットは、どうすることもできず、ろくな荷物《にもつ》も持《も》たずに、子《こ》どもの手《て》を引《ひ》き、そこを出《で》ていったのでした——。

——それから、一年《ねん》ほどたったころ。

ジャンヌ夫人《ふじん》に、アンリエットからの手紙《てがみ》がとどきました。

おくさま。

なんとお礼《れい》を申《もう》しあげてよいか、わかりません。まずしいわたくしたちのために、*二千フランもの大金《たいきん》を、お送《おく》りくださるなんて。わたくしの友《とも》だちは、おくさまだけです。ですから、こんなことをしてくださるのは、あなたさましかいないと、すぐにわかりました。

ほんとうに、ありがとうございました。

アンリエット

ジャンヌは、びっくりしました。

「まあ。いったい、どういうまちがいかしら。」

ジャンヌは、お金《かね》を送《おく》ることなど、もちろんしていませんし、お金《かね》のことも知《し》らないし、アンリエットの今《いま》の住所《じゅうしょ》も知《し》りませんでした。

ジャンヌは、お金《かね》など送《おく》ったことはないと、アンリエットに返事《へんじ》を書《か》きました。すると、また、アンリエットから手紙《てがみ》がとどきました。

おくさま。
お手紙《てがみ》を読《よ》み、たいへん、おどろきました。
わたくしはまだ、おくさまの親切《しんせつ》だと信《しん》じております。
これが、その、送《おく》られてきたふうとうです。中《なか》に、千フラン札《さつ》が二まい、入《はい》っておりました。

アンリエット

＊二千フラン…フランは、フランスで以前《いぜん》使《つか》われていたお金《かね》の単位《たんい》。二千フランは、今《いま》のお金《かね》でおよそ二百万円《まんえん》。

この返事《へんじ》といっしょに、お金《かね》が送《おく》られてきたというふうとうもあります。切手《きって》にはパリの消印《けしいん》があり、あて名《な》と住所《じゅうしょ》は、角《かく》ばった字《じ》で書《か》かれていました。でも、手紙《てがみ》を出《だ》した人《ひと》の名前《なまえ》は、ありません。

気味《きみ》が悪《わる》くなり、ジャンヌは夫《おっと》に、これを見《み》せました。

「だれのしわざかわからないが、アンリエット親子《おやこ》が、そのお金《かね》で助《たす》かっているのだろう。まあ、放《ほう》っておけばいいさ。わたしたちには関係《かんけい》ないことだ。」

と、ドルー伯爵《はくしゃく》は、たいして気《き》にしませんでした。

それからも、毎年《まいとし》、二千フランが入《はい》ったふうとうが、アンリエットのところにとどいたようです。そのたびに、アンリエットから、ジャンヌのところへ、お礼《れい》の手紙《てがみ》がきたのでした。

五年目《ねんめ》と六年目《ねんめ》は、倍《ばい》の四千フランが、アンリエットにとどきました。アンリエットは、どんなに助《たす》かったことでしょう。病気《びょうき》になり、はたらくことができなくなっていたのです。

七年目《ねんめ》に入《はい》ったとき、アンリエットの具合《ぐあい》が悪《わる》くなり、天国《てんごく》にめされました。お金《かね》をめぐんでくれるのが、友《とも》だちのジャンヌだと、ずっと信《しん》じたまま……。

7 二十年後《ねんご》

そして、二十年《ねん》がたちました。

一時《いちじ》は、借金《しゃっきん》でこまっていたドルー伯爵《はくしゃく》ですが、その後《ご》、けんめいにはたらいて、立《た》ちなおっていました。生活《せいかつ》がまたゆたかになったので、伯爵《はくしゃく》と夫人《ふじん》は、ぜいたくを始《はじ》めました。

そんなある日《ひ》。その伯爵《はくしゃく》の屋《や》しきで、昼食会《ちゅうしょくかい》が開《ひら》かれました。顔《かお》ぶれは、伯爵夫婦《はくしゃくふうふ》のほか、伯爵《はくしゃく》の妹《いもうと》とそのむすめ、友人《ゆうじん》のボシャ代《だい》議士《ぎし》とルジュール将軍《しょうぐん》、それから、半年《はんとし》ほど前《まえ》に、伯爵《はくしゃく》が旅先《たびさき》の*シチリア島《とう》で知《し》りあった、フロリアーニという紳士《しんし》でした。

食事《しょくじ》が終《お》わると、みんなはコーヒーを飲《の》みながら、昔話《むかしばなし》を始《はじ》めました。そのうちに、大《おお》きな口《くち》ひげを生《は》やしたルジュール将軍《しょうぐん》が、思《おも》いだしたようにいいました。

「ドルー伯爵《はくしゃく》。とうとう、あの〈王妃《おうひ》の首《くび》かざり〉は、どこからも見《み》つからなかったのだね。」

今年《ことし》六十歳《さい》になった伯爵《はくしゃく》は、ふきげんそうに答《こた》えました。

「そうなんだ、将軍《しょうぐん》。宝石箱《ほうせきばこ》ごと消《き》えて、犯人《はんにん》も、はたしてぬすまれたのかも、わからずじまいさ。」

伯爵《はくしゃく》の言葉《ことば》に、みながそれぞれ、なぜ首《くび》かざりが消《き》えたのか、考《かんが》えをいいあいました。

「フロリアーニさん。あなたのお考《かんが》えは？」

＊シチリア島《とう》…イタリア半島《はんとう》の南《みなみ》にある、地中海最大《ちちゅうかいさいだい》の島《しま》。

じっとだまって、みんなの話《はなし》を聞《き》いていたフロリアーニに、伯爵夫人《はくしゃくふじん》が声《こえ》をかけました。このジャンヌも、今《いま》は、四十五歳《さい》になっていました。

フロリアーニは、すらりと背《せ》が高《たか》く、髪《かみ》はやわらかそうな金《きん》色《いろ》、目《め》は美《うつく》しい湖《みずうみ》のようにすんだ青年《せいねん》でした。かれはイタリア人《じん》でしたが、フランス語《ご》をきれいに話《はな》せます。

「おくさま。わたしは、その事件《じけん》にくわしくないので、何《なに》も思《おも》いつきませんよ。」

と、ちょっと、てれたように答《こた》えました。

「あら、ごけんそん*1だこと。この前《まえ》、あなたは、イタリアで裁判官《さいばんかん》をなさっているお父《とう》さまの助手《じょしゅ》として、たくさんの事件《じけん》を解決《かいけつ》されたではありませんか。」

「そうだよ、きみ。それらの事件《じけん》は、どれもイギリスの名探偵《めいたんてい》、ハーロック・ショームズが解決《かいけつ》するような、むずかしいものばかりだった。話《はなし》を聞《き》いて、わたしは、きみの頭《あたま》のよさに感心《かんしん》したぞ。」

そうほめたのは、たいこ腹《ばら》*2のボシャ代議士《だいぎし》でした。

ドルー伯爵《はくしゃく》は、フロリアーニのほうを見《み》て、

*1けんそん…つつしみ深《ぶか》く、ひかえめにすること。　*2たいこ腹《ばら》…たいこのように丸《まる》くはりだした、腹《はら》のこと。

「くわしく事件《じけん》について話《はな》すので、頭《あたま》をはたらかせてみてくれないか。わたしも、きみの意見《いけん》を聞《き》きたいから――。」

と、事件《じけん》のあらましを話《はな》しました。

二、三の質問《しつもん》をしたあと、フロリアーニは、うで組《ぐ》みして、少《すこ》しだけ考《かんが》えこみました。

ジャンヌが、待《ま》ちきれずにさいそくしました。

「どうかしら。事件《じけん》のなぞは、解《と》けました？」

フロリアーニは、にっこりわらい、自信《じしん》たっぷりの顔《かお》で答《こた》えました。

「ええ、おくさま。だれが、どうやって〈王妃《おうひ》の首《くび》かざり〉をぬすんだのか、ぼくにはわかりましたよ。」

「ほんとうかね、フロリアーニくん。警察《けいさつ》がいろいろ調《しら》べたけれど、何《なに》

もわからなかったのに。」

ルジュール将軍《しょうぐん》は、からかうようにいいました。

「警察《けいさつ》は、調《しら》べる場所《ばしょ》をまちがえたのですよ。それでは、犯人《はんにん》は、つかまりません。」

「警察《けいさつ》は、きちんと調《しら》べただろう。かれらは、犯罪《はんざい》や捜査《そうさ》について、とてもくわしいのだから。」

「まあ、聞《き》いてください、ルジュール将軍《しょうぐん》。この事件《じけん》のもっとも大事《だいじ》なところは、宝石箱《ほうせきばこ》がどうやってぬすまれたかです。その方法《ほうほう》さえわかれば、犯人《はんにん》だって、わかるはずです。」

伯爵《はくしゃく》が、いらいらした感《かん》じで、口《くち》をはさみました。

「フロリアーニくん、さっきも話《はな》したが、わたしと妻《つま》がねていた部屋《へや》のドアには、かぎがかかっていたんだ。わたしたちに気《き》づかれずに、小《こ》部屋《べや》に出入《では》りすることは、無理《むり》だよ。」

フロリアーニは、伯爵《はくしゃく》のほうへ顔《かお》を向《む》けました。

「でしょうね、伯爵《はくしゃく》。となると、小部屋《こべや》に入《はい》る方法《ほうほう》は、まどからということになります。」

「小部屋《こべや》のまどだって、使《つか》えないさ。洋服《ようふく》だなの後《うし》ろにあるし、まどのとびらにもかぎがかかっていた。外《そと》から開《あ》けしめすることは、ぜったいできない。」

「上《うえ》にある、回転式《かいてんしき》の小《こ》まどはどうです？」

「内側《うちがわ》にあるひもを引《ひ》っぱれば、少《すこ》しは開《あ》くが、たいした広《ひろ》さではない。大人《おとな》が通《とお》りぬけるには、せますぎる。」

「ええ、ですから、犯人《はんにん》は、大人《おとな》ではなかったのです。」
「なんだって!?」
「子《こ》どもならどうですか。小《ちい》さな子《こ》どもならば、すりぬけられるはばではなかったですか。」

フロリアーニは、そういって、みんなの顔《かお》を見回《みまわ》しました。

「子《こ》ども!?」

伯爵《はくしゃく》はびっくりして、大声《おおごえ》を上《あ》げました。

ジャンヌも目《め》を丸《まる》くして、

「まあ、そんなことが。ほんとうですの!?」

と、ききかえしました。

「はい、おくさま。あなたの友《とも》だちだったアンリエットには、むすこがいましたよね。」

「ええ。ラウールという名《な》の、男《おとこ》の子《こ》が。」

「そのラウールが、〈王妃《おうひ》の首《くび》かざり〉をぬすんだわけです。」

と、フロリアーニは、ジャンヌの目《め》をまっすぐ見《み》て、いいました。

ルジュール将軍《しょうぐん》は、うたがわしそうに、たずねました。

「つまり、その少年《しょうねん》が外《そと》から回転式《かいてんしき》の小《こ》まどを開《あ》け、開《あ》いたところから中《なか》に入《はい》り、タンスの上《うえ》にあった宝石箱《ほうせきばこ》をうばい、また、小《こ》まどから外《そと》に出《で》た。そして、小《こ》まどをしめておいた――ということかね、フロリアーニくん。」

「そのとおりです、将軍《しょうぐん》。開《あ》いた小《こ》まどの位置《いち》と、洋服《ようふく》だなやタンスの高《たか》さは、ほぼ同《おな》じです。腹《はら》ばいになって小《こ》まどからもぐりこめば、すぐとなりに、帽子《ぼうし》の箱《はこ》の後《うし》ろにかくした宝石箱《ほうせきばこ》があったわけです。」

「だが、外《そと》から小《こ》まどを開《あ》けるのは無理《むり》だ。小《こ》まどを開《あ》けるためのひもは、室内《しつない》にあるのだから。」

と、いいかえしたのは、伯爵《はくしゃく》でした。

フロリアーニは、伯爵《はくしゃく》に目《め》を向《む》けました。

「ドルー伯爵《はくしゃく》。小《こ》まどのひもの先《さき》には、金属《きんぞく》の丸《まる》い輪《わ》がついていますよね。また、ひもは、洋服《ようふく》だなのうらに、たれているのでしたよね。」

「そうだ。」

「だったら、まどガラスのはしのほうを切《き》るか、わって、すき間《ま》を作《つく》るのです。そのすき間《ま》に、細《ほそ》いぼうか針金《はりがね》をつっこみ、輪《わ》に引《ひ》っかけてひもを下《した》へ引《ひ》っぱればよいのです。」

「外《そと》からか。」

「外《そと》からです。」

伯爵《はくしゃく》は、顔《かお》と手《て》をいっしょにふりました。

「いいや。まどガラスのはしに、すき間《ま》や、われたところはなかった。」

「だとしたら、まどガラスのふちを、まどわくにはりつけている部分《ぶぶん》のパテ。そこのところがあやしいですね。」

「パテ？　ねん土《ど》をのばしたようなやつか。」

「そうです。おそらく、パテがきちんと、まどわくにくっついていなかったのです。だから、まどのふちに、少《すこ》しだけすき間《ま》があったのでしょう。

あのとき、伯爵《はくしゃく》や警察《けいさつ》は、まどガラスやまどわくを、じっさいに、さわってみましたか。」

「えっ。い、いや。しなかったが――。」

伯爵《はくしゃく》はうろたえたようにいいました。

8 小部《こ》部《べ》屋《や》のまど

ボシャ代議士《だいぎし》が、つきでたおなかをさすりながら、たずねました。

「ドルー伯爵《はくしゃく》。その小部屋《こべや》は、今《いま》はどうなっています？」

「う、うむ。事件《じけん》のあと、わたしたちは寝室《しんしつ》をべつのところにうつした。だから、あの寝室《しんしつ》も、おくの小部屋《こべや》も、家具《かぐ》も、まったくそのままになっている。」

それを聞《き》いて、フロリアーニは、にこりとし、みんなの顔《かお》を見回《みまわ》して、いいました。

「でしたら、今《いま》から、そこへ行《い》きましょう。そして、ぼくの推理《すいり》が正《ただ》し

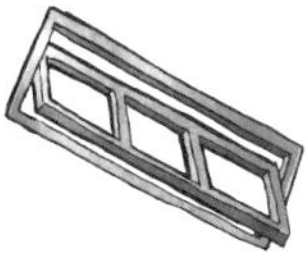

いかどうか、たしかめてみませんか。」

「そうだな。それがいいだろう。」

ルジュール将軍《しょうぐん》が、うなずきました。

せまい場所《ばしょ》なので、男性《だんせい》たちだけで、フロリアーニとルジュール将軍《しょうぐん》が、一階《かい》へ下《お》りました。そして、寝室《しんしつ》を通《とお》って、小部屋《こべや》に入《はい》ります。ルジュール将軍《しょうぐん》が、洋服《ようふく》だなをどかして、まどが見《み》えるようにしました。

「さあ、どうだね。」

入《い》り口《ぐち》のところにいるボシャ代議士《だいぎし》が、こうふんぎみにたずねました。

フロリアーニが、まどガラスのはしを指《ゆび》で何度《なんど》か、おしました。すると、まどガラスが、前後《ぜんご》に少《すこ》し動《うご》いたではありませんか。

「ほら。ぼくのいったとおりでした。外《そと》からまどガラスをおすと、ガラ

スのふちについたパテと、まどわくの間《あいだ》に、五ミリほどのすき間《ま》ができます。このすき間《ま》を使《つか》って、犯人《はんにん》は、ひもの先《さき》にある輪《わ》に、細《ほそ》いぼうなどを引《ひ》っかけたのです。そして、ひもを下《さ》げ、止《と》め金《がね》をはずし、高《たか》いところにある回転《かいてん》まどを開《あ》けたというわけです。」

そう説明《せつめい》しながら、フロリアーニは、ひもを下《した》に引《ひ》きました。すると、小《こ》まどがぱたりと回《まわ》り、すき間《ま》ができたのでした。

フロリアーニは、説明《せつめい》をつづけました。

「犯人《はんにん》の少年《しょうねん》は、前々《まえまえ》から〈王妃《おうひ》の首《くび》かざり〉をぬすもうとねらって、方法《ほうほう》を考《かんが》えていたのでしょう。事件《じけん》の日《ひ》、伯爵《はくしゃく》と夫人《ふじん》がパーティーに出《で》かけるのを待《ま》って、中庭《なかにわ》から小部屋《こべや》のまどに近《ちか》づき、はしごを立《た》てかけておいたのです。

そして、夜《よる》おそく、伯爵夫婦《はくしゃくふうふ》がねむるのを待《ま》って、どろぼうを始《はじ》めたのです。

少年《しょうねん》は、はしごを少《すこ》し登《のぼ》り、まどガラスのはしを強《つよ》くおして、わくのところにすき間《ま》を作《つく》りました。そこから、細《ほそ》いぼうをさしこみ、回《かい》転式《てんしき》の小《こ》まどのひもを下《さ》げたのです。

　止《と》め金《がね》がはずれ、小《こ》まどがたおれると、はしごをもっと登《のぼ》り、上《うえ》の開《あ》いたところから、腹《はら》ばいになって、中《なか》にもぐりこみました。

　タンスの上《うえ》を手《て》さぐりすると、すぐに宝石箱《ほうせきばこ》は見《み》つかりました。それをつかんで外《そと》に出《で》た少年《しょうねん》は、小《こ》まどをしめ、はしごを下《お》りました。あとは、そのはしごをかたづけて、自分《じぶん》と母《はは》がくらす部屋《へや》に、こっそりもどるだけです。」

「そうか。たしかに、それしかない。犯人《はんにん》は、ラウールだ……。」

伯爵《はくしゃく》の声《こえ》はショックで、かすれていました。

みんな、おどろきのあまり、声《こえ》が出《で》ませんでした。

9 ほんとうのこと

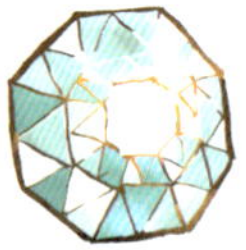

ドルー伯爵《はくしゃく》たちは、二階《かい》のサロンにもどると、ジャンヌ夫人《ふじん》やほかの女性《じょせい》たちに、フロリアーニの推理《すいり》を聞《き》かせました。

びっくりしたジャンヌは、大声《おおごえ》を上《あ》げました。

「ほんとうに、あの子《こ》が、犯人《はんにん》ですの!?」

フロリアーニは、落《お》ちついた顔《かお》で、うなずきました。

「そうです。ラウールが犯人《はんにん》としか、考《かん》えられません。」

「宝石箱《ほうせきばこ》や、首《くび》かざりはどこに?」

「あの事件《じけん》のころ、アンリエットは、その小《ちい》さな部屋《へや》でくらし、外《そと》にも

出《で》ませんでした。ですが、子《こ》どもは自由《じゆう》に遊《あそ》びに出《で》ていたし、学校《がっこう》にも行《い》っていたのでしょう？」

「え、ええ。」

「ラウールなら、屋《や》しきの外《そと》の、どこにでも、それらをかくすことはできたわけです。」

「そうだとしても、きっと、アンリエットがやらせたんですわ。かのじょが子《こ》どもに命《めい》じて、あの首《くび》かざりをぬすませたんですよ。そうに決《き》まっています！」

そういったジャンヌの声《こえ》は、いかりにふる

えていました。

フロリアーニは、ゆっくりと、首《くび》を横《よこ》にふりました。

「ちがいますね。母親《ははおや》は、あのどろぼうとは関係《かんけい》ありませんし、そのあとも、むすこの犯行《はんこう》をまったく知《し》らなかったのです。」

「どうして、そうだとわかるのです？」

「もしも、アンリエットが、子《こ》どもにどろぼうをさせたのなら、あとで、二千フランを受《う》けとったなどと、わざわざあなたに、手紙《てがみ》で知《し》らせるわけがありません。」

伯爵《はくしゃく》が軽《かる》く手《て》をあげて、たずねました。

「そうするとだな、フロリアーニくん。だれが、アンリエットに、毎年《まいとし》、二千フランとか四千フランを送《おく》ったのだね。」

「もちろん、ラウールです。首《くび》かざりの小《ちい》さいダイヤモンドを、一《ひと》つずつどこかで売《う》って、お金《かね》にかえました。そして、ふうとうに入《い》れて、母親《ははおや》に送《おく》ったわけです。」

ジャンヌはまた、おどろいてさけびました。

「あの首《くび》かざりについていたダイヤは、小《ちい》さい物《もの》でも、二千フランどころではないわ！」

「ええ、そうですね。しかし、少年《しょうねん》が売《う》るのですから、きっと、宝石屋《ほうせきや》か古物商《こぶつしょう》に、安《やす》く買《か》いたたかれてしまったのでしょう。」

フロリアーニは、悲《かな》しそうに答《こた》えました。

「ずいぶん、頭《あたま》のよい子《こ》どもだね。」

と、感心《かんしん》して、ルジュール将軍《しょうぐん》がいいました。

「そう。頭《あたま》のよい子《こ》どもです。そして、母親思《ははおやおも》いの子《こ》どもです。この屋《や》しきを追《お》いだされた、アンリエットの苦《くる》しいくらしを、なんとかして助《たす》けようと、考《かんが》えたにちがいありません。ですが、あの首《くび》かざりを全部《ぜんぶ》売《う》ったら、すぐにあやしまれます。それで、小《ちい》さなダイヤから、一年《ねん》に一《ひと》つずつ、売《う》ったのでしょう。」

フロリアーニは、かみしめるように、つづけました。

「ああ。アンリエットと、子《こ》どもを、追《お》いだしたのは、わたくしです……。そのせいで……。」

と、ジャンヌは小《ちい》さな声《こえ》でいいました。

「ジャンヌさん、あなたは、ここに引《ひ》きとった親子《おやこ》を、いじめていましたね。母《はは》のアンリエットには無理《むり》な仕事《しごと》ばかりさせて、十分《じゅうぶん》なお金《かね》もはらわなかった。むすこのラウールは、そんなあなたを、すきではなかった。少《すこ》しでも母親《ははおや》のくらしを助《たす》けようと、あの首《くび》かざりをぬすんだのです。」

伯爵《はくしゃく》は、まじまじと、フロリアーニの顔《かお》を見《み》ました。

「ラウール少年《しょうねん》が生《い》きていて、大人《おとな》になっていたら、さみと同《おな》じくらいの年《とし》になっているはずだな……。」

「ええ。たぶん、そうでしょう。」

うなずいたフロリアーニは、ゆっくりと、みんなの顔《かお》を見回《みまわ》しました。

だれもが、おどろきのために、口《くち》をきけません。

「これで、あの事件《じけん》のなぞは、すべて解《と》けました。真実《しんじつ》は、じつに意外《いがい》なところにあったわけです。

ジャンヌさん、あなたも、やっと、アンリエットにすまないことをしたと気《き》づきましたね。

さて。ぼくの用事《ようじ》は、すべてすみました。ですから、これで失礼《しつれい》します。また、どこかで、お会《あ》いしましょう――。」

そういうと、フロリアーニは、落《お》ちついた足《あし》どりで部屋《へや》を出《で》ていったのでした。

10 ルパンの告白《こくはく》

「――というのが、あの〈王妃《おうひ》の首《くび》かざり〉事件《じけん》の真相《しんそう》なんだ。」

と、ルパンは、わたしにしずかな声《こえ》でいいました。

「かわいそうな親子《おやこ》だね。母《はは》は病気《びょうき》で早《はや》くなくなり、子《こ》どもはまだ小《ちい》さいのに、一人《ひとり》で生《い》きていかなくては、ならなかったのだろう。」

わたしは、アンリエットとラウール親子《おやこ》のことを思《おも》いやって、たずねました。

「そう。ラウールは、たいへんな苦労《くろう》をして、育《そだ》っていった。」

そういって、ルパンは自分《じぶん》を指《ゆび》さしました。

「そして、ぼくという、天才的《てんさいてき》な怪盗《かいとう》になったのだよ。」

「な、なんだって。きみが、そのラウールなのか!?」

わたしは、思《おも》わず大声《おおごえ》を出《だ》しました。

「そして、イタリア人《じん》の、フロリアーニでもある。」

と、ルパンは、にやりとしました。

「また、おどろかされたな！　それにドルー伯爵夫妻《はくしゃくふさい》の前《まえ》にあらわれて、首《くび》かざりをぬすんだと打《う》ちあけるとは、ずいぶん、人《だい》たんだ。」

「まあね。伯爵夫妻《はくしゃくふさい》には、だれがどうして、〈王妃《おうひ》の首《くび》かざり〉をぬすんだのか、教《おし》えておきたかったのさ。とくに、ジャンヌ夫人《ふじん》には、心《こころ》から反省《はんせい》してもらって、母《はは》にあやまってほしかったからね。

ジャンヌ夫人《ふじん》は金持《かねも》ちで、世間的《せけんてき》には、よい人《ひと》だと思《おも》われている。

けれども、うらでは、けちんぼうでいじわるで、宝石《ほうせき》を見《み》せびらかし、いばってばかりいた。まずしいぼくの母《はは》をこきつかっていた。

ぼくが、金持《かねも》ちの悪人《あくにん》がきらいなのは、そのためだ。子《こ》どものころの、苦《くる》しい生活《せいかつ》をおぼえているから、ぼくは、弱《よわ》い人《ひと》やこまっている人《ひと》の味方《みかた》をするんだよ。そういう意味《いみ》でも、あの〈王妃《おうひ》の首《くび》かざり〉事件《じけん》こそが、この怪盗《かいとう》ルパンをつくったのだ、といってもよいだろうね。」

「それで、〈王妃《おうひ》の首《くび》かざり〉は、今《いま》、どこにあるんだい。」

「ぼくのかくれ家《が》の一《ひと》つ、〈奇岩城《きがんじょう》〉の美術室《びじゅつしつ》にかざってあるよ。ただし、もう、金《きん》のくさりと、真《ま》ん中《なか》の一番大《いちばんおお》きなダイヤしかないけどね――。」

答《こた》えたルパンは、しずかに目《め》をつぶったのでした。

（「王妃《おうひ》の首《くび》かざり」おわり）

エピソード
02

古《ふる》いかべかけのひみつ

1 ガニマール警部《けいぶ》のこと

「ルパン。きみは、ガニマール警部《けいぶ》のことを、どう思《おも》っているんだい。かれは長年《ながねん》、きみをつかまえようと、がんばっているわけだけど。」

わたしは、アルセーヌ・ルパンに、そうたずねました。

わたしはルブラン。そう、この物語《ものがたり》の作者《さくしゃ》です。ルパンは、怪盗紳士《かいとうしんし》とよばれている、あの天才的大《てんさいてきおお》どろぼうです。

親友《しんゆう》のルパンは、ときどき、ふらっと、わたしの仕事場《しごとば》に遊《あそ》びに来《き》ます。そんなとき、わたしは小説《しょうせつ》を書《か》く手《て》を休《やす》めて、かれと話《はなし》を楽《たの》しむことにしています。

ソファーでくつろぎながら、ルパンはわたしのほうを見《み》て、にやりとしました。
「かれは、フランスで、もっともすぐれた警察官《けいさつかん》で、パリ警視庁《けいしちょう》でいちばん頭《あたま》がいいと思《おも》う。けれど、なぜか、ぼくをつかまえられないんだ。」
ルパンは人《ひと》なつっこそうに、くすくすわらいました。
「きみのほうが、かしこいし、すばしっこいからね。そして、きみはいつも警《けい》部《ぶ》をからかって、よろこんでいるな。」

「かれがまじめすぎるんで、つい、そうしたくなるんだ。」

「じゃあ、かれが、きみに勝《か》つことはないんだね、ルパン。」

「ないね。まあ、一度《ど》、アメリカ行《い》きの船《ふね》に乗《の》っていて、つかまったことはあるが、ぼくはすぐに刑務所《けいむしょ》から脱走《だっそう》した。あの話《はなし》は、おぼえているだろう、ルブラン。」

「うん。」

「結局《けっきょく》、ガニマール警部《けいぶ》は、あと一歩《いっぽ》のところで、ぼくにだしぬかれる運命《うんめい》なのさ。たとえば、あの『古《ふる》いかべかけ事件《じけん》』だ。あの事件《じけん》の話《はなし》を、きみにしたことがあったかな？」

と、ルパンがたずね、ぼくは首《くび》をふりました。

「いいや、ないね。ぼくは、新聞《しんぶん》に出《で》ていたことしか知《し》らない。おもしろい事件《じけん》なら、教《おし》えてくれよ。」

「とびっきり、おもしろい事件《じけん》だ。あれについては、ばくもそうとうに頭《あたま》を使《つか》い、くわしく計画《けいかく》をねったからね。真相《しんそう》を聞《き》いたら、きみはおどろくだろうな。」

そう前《まえ》おきして、ルパンが話《はな》しはじめたのが、次《つぎ》のような出来事《できごと》でした――。

2 列車《れっしゃ》で起《お》きた事件《じけん》

――三年前《ねんまえ》のことでした。

[*1]ブレスト発《はつ》の列車《れっしゃ》が[*2]レンヌ駅《えき》に着《つ》くと、駅員《えきいん》が、貨車《かしゃ》の一《ひと》つで、ドアのかぎがこわれているのを、見《み》つけました。貨車《かしゃ》というのは、人《ひと》ではなく、荷物《にもつ》を運《はこ》ぶ車両《しゃりょう》のことです。その貨車《かしゃ》は、ブラジル人《じん》の金持《かねも》ち、スパルミエント大佐《たいさ》が、かりきったものでした。

大佐《たいさ》と夫人《ふじん》は、同《おな》じ列車《れっしゃ》の、ごうかな客室《きゃくしつ》に乗《の》っていました。

その貨車《かしゃ》につんでいたのは、十二この木箱《きばこ》で、中《なか》にはそれぞれ、たいへん値打《ねう》ちのあるかべかけが、一まいずつおりたたまれて、ていねいにまかれて入《はい》っていました。

十二まいのかべかけは、さまざまな色《いろ》の毛糸《けいと》でししゅうされたもので、一《ひと》つ一《ひと》つに、細《こま》かくてきれいな絵《え》が、えがかれていました。

ところが、木箱《きばこ》の中《なか》をたしかめると、一《ひと》つだけ、中《なか》のかべかけがなくなっていたのです。それも、大佐《たいさ》がいちばん大事《だいじ》にしているものでした。

＊1ブレスト…フランス北西部《ほくせいぶ》にある、港町《みなとまち》。
＊2レンヌ…フランス北西部《ほくせいぶ》、ブルターニュ地方《ちほう》の中心都市《ちゅうしんとし》。

「なんてことだ。命《いのち》の次《つぎ》に大切《たいせつ》なかべかけが、一まい、ぬすまれてしまったとは！」

スパルミエント大佐《たいさ》は、なげきました。

かべかけの絵《え》をならべると、一まいの大《おお》きな絵《え》になります。*昔《むかし》のイギリス国王《こくおう》の活《かつ》やくを、見事《みごと》にえがいた物《もの》です。大佐《たいさ》は、これを十二まいならべて屋《や》しきにかざり、おとずれるたくさんの人《ひと》に見《み》せようとしていました。だから、そろっていないとこまるのです。

地元《じもと》の警察《けいさつ》もやってきて、駅《えき》では、たいへんなさわぎになりました。警察官《けいさつかん》たちがくわしく調《しら》べましたが、だれが、どうやってぬすんだのか、よくわかりません。ずっと走《はし》りつづけていた列車《れっしゃ》から、犯人《はんにん》は、かべかけを持《も》って、どこかでとびおりたのでしょうか。

数時間後《すうじかんご》、パリ警視庁《けいしちょう》から、ガニマール警部《けいぶ》が、かけつけました。レンヌ駅《えき》に着《つ》くなり、ガニマール警部《けいぶ》は、大佐《たいさ》にいいました。

「こんな、あざやかにかべかけをぬすめるのは、アルセーヌ・ルパンしかいません。これは、ルパンのしわざですよ。」

「ルパンだろうがなかろうが、どっちでもいい。とにかく、早《はや》く、あれを取《と》りもどしてください。一まいでもないと、こまるのですよ！」

と、大佐《たいさ》はいらいらしたようすで、どなりました。

大佐《たいさ》は、かたはばが広《ひろ》く、がっしりした体《からだ》つきでした。髪《かみ》が黒《くろ》く、はだはよく日《ひ》焼《や》けしています。ブラジルでは軍隊《ぐんたい》にいたので、ピストルをうつのがうまいといいます。がんこで、おこりっぽい性格《せいかく》が、顔《かお》に出《で》ていました。

＊この物語《ものがたり》のかべかけは、「バイユーのタペストリー」とよばれる、じっさいにあるししゅう画《が》をモデルとして、書《か》かれています。一〇〇〇年代《ねんだい》のイギリス王《おう》、ウィリアム一世《せい》の活《かつ》やくがえがかれたものです。

それから数日《すうじつ》、ガニマール警部《けいぶ》は、たくさんの部下《ぶか》を使《つか》って、かべかけどろぼうをさがしました。しかし、何一《なにひと》つ手《て》がかりはなく、ルパンがやったという証拠《*しょうこ》も出《で》てきません。

どろぼうがつかまらずに、じれったくなった大佐《たいさ》は、新聞《しんぶん》に大《おお》きく広告《こうこく》を出《だ》しました。

ぬすまれたかべかけや、それをぬすんだ犯人《はんにん》について、何《なに》か知《し》っている人《ひと》がいれば、教《おし》えてください。

一週間後《しゅうかんご》、パリ警視庁《けいしちょう》に、手紙《てがみ》がとどきました。さしだし人《にん》の名前《なまえ》は、書《か》いてありません。

事情《じじょう》があって名乗《なの》れませんが、あのかべかけをぬすんだのはアルセーヌ・ルパンだと知《し》っている者《もの》です。
かべかけは今《いま》、サン・ラザール駅《えき》の、手荷物《てにもつ》あずかり所《じょ》にあります。
明日《あす》、北《きた》アメリカに送《おく》られます。取《と》りもどすなら、急《いそ》いでください。

「ううむ、やはり、ルパンなのか!?」

パリ警視庁《けいしちょう》のガニマール警部《けいぶ》は、急《いそ》いでサン・ラザール駅《えき》に行《い》きました。そして、手荷物《てにもつ》あずかり所《じょ》へ走《はし》っていきました。

*証拠《しょうこ》…事実《じじつ》である事《こと》を明《あき》らかにするための、資料《しりょう》。

あいにく、係《かかり》の人《ひと》がいませんが、あやしそうな黒《くろ》いトランクが一《ひと》つあります。

「もしかして……！」

ガニマール警部《けいぶ》は、あずかり所《じょ》の中《なか》に入《はい》って、トランクを開《あ》けました。

すると、中《なか》には——。かべかけが入《はい》っているではありませんか！　これが、ぬすまれたかべかけにちがいありません。

3 ルパンの予告《よこく》

かべかけがもどってきて、スパルミエント大佐《たいさ》は大《おお》よろこびでした。

半年《はんとし》ほど前《まえ》、大佐《たいさ》は、パリのフェザンドリー通《どお》りに、うら庭《にわ》のあるごうかな屋《や》しきを買《か》い、妻《つま》と、十人《にん》をこえる大《おお》ぜいの使用人《しようにん》たちと住《す》んでいました。その二階《かい》には、美術品《びじゅつひん》をかざっている展示室《てんじしつ》がありました。シャンデリアが、かがやく、ごうかな部屋《へや》です。

ガニマール警部《けいぶ》がぬすまれたかべかけをとどけると、大佐《たいさ》はすぐさまそこに、十二まいにそろったかべかけをかざりました。

「ガニマール警部《けいぶ》さん、すばらしいでしょう。こうやってならべると、イギリスのウィリアム征服王《せいふくおう》の活《かつ》やくがよみがえってくるのです。」
大佐《たいさ》は、まんぞくそうでした。
ちょうどそのときです。大佐《たいさ》あてに、ルパンから手紙《てがみ》がとどいたと、大佐《たいさ》の妻《つま》が持《も》ってきたのです。

スパルミエント大佐《たいさ》へ

この前《まえ》は、えんりょをして、かべかけを一まいだけもらいました。ですが、今度《こんど》は、十二まい全部《ぜんぶ》をいただきます。どうぞ、用心《ようじん》してください。

アルセーヌ・ルパン

「くそう、ルパンめ。おれをばかにしおって。ぬすまれて、たまるものか！」

大佐《たいさ》は、足《あし》でゆかを、どんどんとふみつけました。

しかし、大佐《たいさ》の美《うつく》しい妻《つま》は、ちがいました。名前《なまえ》をエディスという、そのイギリス人《じん》の妻《つま》は心配性《しんぱいしょう》のようで、かべかけがぬすまれたときから、ずっとびくびくしたようすでした。

「あなた。わたくし、こわいですわ。

あのかべかけは、もう、だれかに売《う》ってしまいましょうよ。そうすれば、ルパンにねらわれなくてすみますもの。」

「何《なに》をいっているんだ、あれはぜったいに売《う》らない。大事《だいじ》な家宝《かほう》だし、すばらしい芸術品《げいじゅつひん》だからな。ルパンがここへぬすみに来《き》たら、ぎゃくに、あいつをつかまえて、おれがやっつけてやる！」

大佐《たいさ》には、いかりとともに、正義感《せいぎかん》がみなぎっているようでした。

そばにいたガニマール警部《けいぶ》も、すぐさまルパンからの手紙《てがみ》を読《よ》んで、こういいました。

「まずは、この屋《や》しきのまわりに、見《み》はりをおきましょう。わしの部下《ぶか》を五人《にん》つれてきて、一日《にち》じゅう、守《まも》らせます。あなたもおくさんも、十分《じゅうぶん》に注意《ちゅうい》してください。」

ガニマール警部《けいぶ》と話《はな》しあい、大佐《たいさ》は、屋《や》しきの守《まも》りを、もっとかためました。

一階《かい》のまど全部《ぜんぶ》に黒《くろ》い板《いた》を打《う》ちつけ、まどから入《はい》りこめないようにしたのです。

また、ドアや、二階《かい》のまどには、非常《ひじょう》ベルを取《と》りつけました。とはいっても、相手《あいて》はルパンです。どんな*手口《てぐち》をくりだしてくるか、わからないので、ゆだんはできません。

そこで、大佐《たいさ》は、保険《ほけん》にも入《はい》ることにしました。そうすれば、大事《だいじ》なかべかけがぬすまれたときには、保険金《ほけんきん》がもらえます。

しかし、保険会社《ほけんがいしゃ》の人《ひと》は、はじめはいやがりました。

「大佐《たいさ》。ルパンが、ねらっているのですよね。だったら、かべかけは、

*手口《てぐち》…犯罪《はんざい》などの、やり方《かた》。

ぬすまれるに決《き》まっています。かれは、ねらった宝《たから》は、のがしません。われわれが、保険金《ほけんきん》をはらうはめになるのは、明《あき》らかじゃないですか。」

「ガニマール警部《けいぶ》がいるし、警察官《けいさつかん》たちが、しっかり守《まも》っている。それに、非常《ひじょう》ベルもつけて、だれも、しのびこめないようにしたぞ。」

「それではたりませんよ、大佐《たいさ》――では、あと五人《にん》、警備員《けいびいん》をやとってください。やとったら、保険《ほけん》に入《はい》ることをみとめましょう。」

というわけで、保険会社《ほけんがいしゃ》との約束《やくそく》がまとまったのです。

大佐《たいさ》は、合《あ》わせて十人《にん》もの警察官《けいさつかん》や警備員《けいびいん》をふるいたたせるように、声《こえ》をはりあげました。

「いいか、おまえたち。おれのゆるしなく、アリ一ぴき、この屋《や》しきに入《い》れるんじゃないぞ!」

4 パーティーの夜《よる》

こうして、スパルミエント大佐《たいさ》の屋《や》しきは、*難攻不落《なんこうふらく》の城《しろ》のように、守《まも》りがかためられたのです。

安心《あんしん》したようすの大佐《たいさ》は、次《つぎ》の日曜《にちよう》の夜《よる》に、屋《や》しきで、パーティーを開《ひら》くことにしました。二階《かい》のごうかな展示室《てんじしつ》にかざってある、あのすばらしい十二まいのかべかけを、お客《きゃく》さまに、じっくり見《み》てもらおうと思《おも》ったのです。

まねいたのは、上流階級《じょうりゅうかいきゅう》の人《ひと》たちや、大佐《たいさ》が入《はい》っている乗馬《じょうば》クラブなどの友人《ゆうじん》たち、新聞《しんぶん》や雑誌《ざっし》の記者《きしゃ》、美術愛好家《びじゅつあいこうか》などでした。

夜《よる》になってやってきた客《きゃく》たちは、屋《や》しきに一歩《ぽ》入《はい》って、おどろきました。げんかんの前《まえ》にも、階段《かいだん》の下《した》にも、警察官《けいさつかん》や警備員《けいびいん》が立《た》っています。そして、客《きゃく》たちがほんとうにその人《ひと》かどうか、しっかりと調《しら》べていました。

ルパンは変装《へんそう》の名人《めいじん》で、わかい人《ひと》にも、年《とし》よりにも、女性《じょせい》にも化《ば》けることができます。客《きゃく》のふりをして、ルパンが、屋《や》しきにもぐりこむかもしれないのです。

大佐《たいさ》は、大階段《だいかいだん》の上《うえ》にいて、客《きゃく》たちをむかえながら、

「さあ、みなさん。国宝級《こくほうきゅう》の、すばらしいかべかけをごらんください。きっと、おどろくはずですよ！」

と、大《おお》いに自《じ》まんしていました。

＊難攻不落《なんこうふらく》…守《まも》りがかたくて、せめるのがむずかしく、かんたんにはせめおとせないこと。

たしかに、十二まいのかべかけは、見事《みごと》なものでした。どんなに有名《ゆうめい》な油絵《あぶらえ》にも、美《うつく》しさで負《ま》けていません。

かべかけは、十六世紀[*1]《せいき》に、ゴッセという人《ひと》によって作《つく》られた物《もの》でした。四百年《ねん》たって、フランスのブルターニュ[*2]地方《ちほう》の、古《ふる》い城《しろ》で見《み》つかったのです。古《ふる》い美術品《びじゅつひん》が大《だい》すきな大佐《たいさ》は、そのことを聞《き》きつけ、さっそく買《か》いとりました。五万《まん》フラン[*3]で買《か》ったといいますが、その二十倍《ばい》の値段《ねだん》でもおかしくありません。

中《なか》でもいちばんきれいだったのは、ルパンが貨物列車《かもつれっしゃ》からぬすんだ、あの一まいでした。〈白鳥《はくちょう》の首《くび》のエディス〉とよばれており、エディスという、戦争《せんそう》で負《ま》けた国《くに》の王妃《おうひ》の、かわいそうなすがたが、えがかれています。

「なんて、美《うつく》しくて、しかも、悲《かな》しそうな顔《かお》をした王妃《おうひ》だろう。白《しろ》いドレスを着《き》ていて、羽《はね》の大《おお》きな白鳥《はくちょう》のように見《み》えるぞ！」

客《きゃく》の一人《ひとり》が、感動《かんどう》のあまり声《こえ》を上《あ》げました。

べつの客《きゃく》は、大佐《たいさ》に、こう話《はな》しかけました。

「エディスの顔《かお》は、あなたのおくさまに、よくにておられますな。」

「ぐうぜんだが、妻《つま》の名前《なまえ》も、エディスなんだよ。それでおれは、かべかけを買《か》おうと思《おも》ったのさ。二人《ふたり》とも、すばらしく美《うつく》しいでしょう。」

＊1世紀《せいき》…西暦《せいれき》を百年《ねん》ごとに区切《くぎ》った、数《かぞ》え方《かた》のこと。十六世紀《せいき》は、一五〇一年《ねん》から一六〇〇年《ねん》まで。＊2ブルターニュ…フランス北西部《ほくせいぶ》にある地域《ちいき》。＊3五万《まん》フラン…今《いま》のお金《かね》で約《やく》五千万《まん》円。

大佐《たいさ》は、にっこりわらいました。

そのときです。

ジリジリジリリリン！

とつぜんあちこちで、非常《ひじょう》ベルが、けたたましく鳴《な》りひびきました。

みんな、びっくりしてとびあがりそうになりましたが、さらに、次《つぎ》のしゅん間《かん》、シャンデリアも小《ちい》さな明《あ》かりも、すべてがぱっと消《き》えました。

あたりは、真《ま》っ暗《くら》になってしまったのです。

「キャアー！」

大佐夫人《たいさふじん》の悲鳴《ひめい》が、部屋《へや》にひびきわたりました。

「どうしたんだ!?」

「こわい！」

と、ほかの客《きゃく》たちも、わけがわからず、暗《くら》やみの中《なか》で、次々《つぎつぎ》にさけびます。

大佐《たいさ》が、屋《や》しきの主人《しゅじん》らしく声《こえ》をはりあげました。

「みなさん。落《お》ちついてください。非常《ひじょう》ベルは、何《なに》かのまちがいでしょう。すぐに音《おと》は止《と》まります。明《あ》かりも、今《いま》つけますから、そのまま、じっとしていてください！」

そして、カーテンのうらを手《て》さぐりし、スイッチをおしました。

シャンデリアが、またかがやきました。部屋《へや》の中《なか》は明《あか》るくなりましたが、客《きゃく》たちの顔《かお》は、青《あお》ざめています。

「だんなさま、かべかけは無事《ぶじ》です！」

屋《や》しきの使用人《しようにん》が、さけびました。

大佐《たいさ》は、あわてて、かべかけのほうを見《み》ました。十二まいのかべかけは、すべてそろっています。

大佐《たいさ》はけわしい顔《かお》で、警察官《けいさつかん》や警備員《けいびいん》にたずねました。

「何《なに》があった。まどやドアは、どうなっているんだ!?」

すぐに、警察官《けいさつかん》たちが、あちこちを見《み》に行《い》き、

「なんともありません、大佐《たいさ》!」

「ドアも、どのまども、やぶられて

いません！」

「しのびこんだ者《もの》や、あやしい人《ひと》かげもありませんでした！」

と、口々《くちぐち》にほうこくしました。

それを聞《き》いて、大佐《たいさ》は客《きゃく》たちに向《む》かって、はげますようにいいました。

「もう、だいじょうぶです。かべかけは、ぬすまれていません。ベルが鳴《な》ったのも、明《あ》かりが消《き》えたのも、こしょうでしょう。」

それで、客《きゃく》たちは、やっと安心《あんしん》できたようでした。

ただ、妻《つま》のエディスがおどろきのあまり、気《き》をうしなっていました。

客《きゃく》たちが心配《しんぱい》そうに見守《みまも》る中《なか》、大佐《たいさ》は妻《つま》をだきあげ、*気《き》つけ薬《ぐすり》を飲《の》ませるため、ソファーにねかせたのでした。


*気《き》つけ薬《ぐすり》…意識《いしき》をよびおこしたり、目《め》ざめさせたりするときに使《つか》う薬《くすり》。

5

消《き》えたかべかけ

せっかくのパーティーでしたが、このさわぎでおしまいになり、客《きゃく》たちも、そそくさと帰《かえ》っていきました。

「ねんのため、もう一度《いちど》、屋《や》しきの中《なか》を調《しら》べてきてくれ。ルパンが何《なに》かたくらみ、ベルや明《あ》かりに、細工《さいく》をしたのかもしれない。」

スパルミエント大佐《たいさ》は、警察官《けいさつかん》と警備員《けいびいん》たちに、たのみました。

そのあと一時間《じかん》ほどかけて、警察官《けいさつかん》と警備員《けいびいん》たちは、屋《や》しきじゅうを調《しら》べ、あやしいことはなかったと、大佐《たいさ》につたえました。

「――そうか、ご苦労《くろう》だった。じゃあ、ちょっと休《やす》んでくれ。」

ほっとしたようすの大佐《たいさ》は、かれらに、コーヒーを配《くば》りました。

そして、大佐《たいさ》は、妻《つま》の具合《ぐあい》をみるため、寝室《しんしつ》に行《い》きました。エディスは、ぐっすりねむっていました。大佐《たいさ》も、のこりの仕事《しごと》をかたづけ、それから、ベッドに入《はい》りました。午前《ごぜん》二時《じ》四十五分《ふん》のことです。

警察官《けいさつかん》と警備員《けいびいん》たちは、深夜《しんや》になっても屋《や》しきの中《なか》を見《み》はっていました。ですが、どうせ、何《なに》かあれば、非常《ひじょう》ベルが鳴《な》るだろう——そう思《おも》って、気《き》がゆるんで

しまったのでしょうか。

午前《ごぜん》五時《じ》をすぎたころに、さすがに、ねむくなったようで、ある者《もの》は、いすにすわって、ある者《もの》は、立《た》ったまま、ねてしまったのです。

午前《ごぜん》七時《じ》二十分《ぷん》。警察官《けいさつかん》の一人《ひとり》が目《め》をさまし、あわてて展示室《てんじしつ》に向《む》かいました。

部屋《へや》に入《はい》り、明《あ》かりをつけたとたん、警察官《けいさつかん》は、息《いき》をのみました。

あの十二まいのかべかけが、すべて消《き》えていたのです！

あの〈白鳥《はくちょう》の首《くび》のエディス〉がかざってあった場所《ばしょ》には、小《ちい》さな紙《かみ》がはられていました。近《ちか》づくと、文字《もじ》が書《か》いてあります。

お約束《やくそく》どおり、十二まいのかべかけは、もらっていきます。

アルセーヌ・ルパン

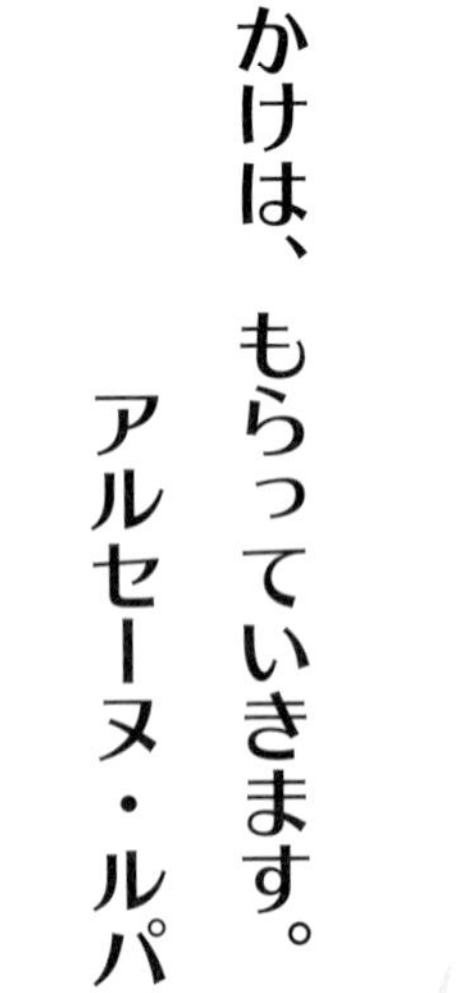

警察官《けいさつかん》は、急《いそ》いで仲間《なかま》たちと大佐《たいさ》を起《お》こし、かべかけがぬすまれたことを知《し》らせました。

「おまえら、何《なに》をやっていたんだ！」

展示室《てんじしつ》へかけのぼってきた大佐《たいさ》は、かべかけがないのを見《み》たとたん、顔《かお》を真《ま》っ赤《か》にしてさけびました。

「くそう。ルパンのやつ！　よくもやったな！」

と、くやしさに、こぶしをぶるぶると、ふるえさせています。警察官《けいさつかん》と警備員《けいびいん》たち、そしてとびおきた使用人《しようにん》たちは、急《いそ》いで屋《や》しきじゅうを調《しら》べました。けれども、まどもドアもすべて、ちゃんとかぎが、かかっています。鳴《な》らなかった非常《ひじょう》ベルも、スイッチは、入《はい》ったままになっています。これでは、外《そと》から、だれかがしのびこみ、かべかけを持《も》ちさることなど、できるわけがありません。

ふしぎです。

いったいどうやって、ルパンは、かべかけをぬすんだのでしょうか。

しばらくして、ガニマール警部《けいぶ》が、かけつけてきました。

大佐《たいさ》は、ソファーにすわり、頭《あたま》をかかえていました。そばにいる妻《つま》のエディスも、なきそうな顔《かお》でした。

「ああ、なんてことだ。おれの大事《だいじ》な宝物《たからもの》が、ルパンのやつに、うばわれてしまった……。なぜだ、どうしてだ。」

大佐《たいさ》は、弱々《よわよわ》しい声《こえ》でつぶやきました。ガニマール警部《けいぶ》は、大佐《たいさ》をはげましました。

「気《き》をしっかり持《も》ってください、大佐《たいさ》。

警察《けいさつ》が、かならず、あなたのかべかけを、取《と》りもどしますから。」

しかし、大佐《たいさ》はかたを落《お》とし、気《き》がぬけたようになったままでした。

ガニマール警部《けいぶ》は、見《み》はりの者《もの》たちをしかりとばしました。

「ばか者《もの》め。おまえたちが、ねむりこけていたから、そのすきに、ルパンがしのびこんだんだ！」

それから、ガニマール警部《けいぶ》は、屋《や》しきじゅうを細《こま》かく調《しら》べました。ですが、手《て》がかりがなく、ルパンがどうやってかべかけをぬすんでいったのか、どうしてもわかりません。

「ルパンのやつ、屋《や》しきじゅうにかぎがかかっているのに、十二まいもの大《おお》きなかべかけを、どうやってここから持《も》ちだしたんだ。ついに、あいつは魔法《まほう》でも使《つか》ったというのか……ううむ。」

ガニマール警部《けいぶ》は、くやしさに歯《は》ぎしりしました。

ガニマール警部《けいぶ》たちが調《しら》べている間《あいだ》に、大佐《たいさ》は、自分《じぶん》の部屋《へや》によろよろと歩《ある》いていきました。そして、書《か》き物《もの》づくえにすわって、何《なに》かを書《か》いたかと思《おも》うと、それを使用人《しようにん》にわたしました。

「一時間《じかん》ほどしたら……エディスにわたしてくれ。おれは少《すこ》し用事《ようじ》があって出《で》かける……。」

そういって、屋《や》しきを出《で》ていったのです。

いわれたとおり、一時間後《じかんご》、使用人《しようにん》は、夫人《ふじん》のエディスにその手紙《てがみ》をわたしました。中《なか》を読《よ》んだエディスは悲鳴《ひめい》を上《あ》げ、気《き》をうしなってしまいました。

さわぎを聞《き》きつけ、ガニマール警部《けいぶ》がとんできました。そして、ゆかに落《お》ちていた手紙《てがみ》を読《よ》み、おどろきのあまり立《た》ちつくしました。

愛《あい》する妻《つま》、エディスへ

ゆるしてほしい。わたしは、あのかべかけをうしなった悲《かな》しみに、たえられない。先《さき》に、天国《てんごく》へ行《い》っているよ。

スパルミエント

死《し》ぬことを決《き》めた、大佐《たいさ》のかくごの手紙《てがみ》でした。

6 大佐《たいさ》の死体《したい》

その日《ひ》の夕方《ゆうがた》、ビル・ダブレー[*1]駅《えき》から、パリ警視庁《けいしちょう》へ電話《でんわ》が入《はい》りました。その近《ちか》くにあるトンネルの入《い》り口《ぐち》で、列車《れっしゃ》にはねられた死体《したい》が、見《み》つかったというのです。

死体《したい》は、男《おとこ》の人《ひと》でした。顔《かお》がきずついていて、だれだかわからないけれど、洋服《ようふく》のポケットに、スパルミエント大佐《たいさ》の免許証《めんきょしょう》が入《はい》っていると、駅員《えきいん》はいいました。

「まったく、ひどい事故《じこ》です。二日前《ふつかまえ》にも、リール[*2]市《し》の近《ちか》くで、男《おとこ》の人《ひと》が、列車《れっしゃ》にはねられましたからね。鉄道《てつどう》は、さいなんつづきですよ。」

と、駅員《えきいん》は電話口《でんわぐち》でぼやきました。

ガニマール警部《けいぶ》は、大佐夫人《たいさふじん》のエディスをつれて、駅《えき》へ向《む》かいました。

おくの部屋《へや》に、木《き》のベンチがあり、男《おとこ》の人《ひと》が横《よこ》たわっています。

「……は、はい……これは、夫《おっと》です……。」

夫《おっと》のかわりはてたすがたを見《み》て、エディスは、はらはらとなみだを流《なが》しました。エディスの顔《かお》から血《ち》の気《け》がなくなり、青《あお》ざめています。

「洋服《ようふく》も、くつも、持《も》ち物《もの》も、すべて夫《おっと》の物《もの》です……。」

大佐夫人《たいさふじん》は、それだけいうのがやっとで、はげしく、なきはじめました。

＊1ビル・ダブレー…フランス、パリの南西《なんせい》十五キロほどに位置《いち》する地域《ちいき》。
＊2リール市《し》…フランス北西部《ほくせいぶ》、ベルギー近《ちか》くの都市《とし》。

「ルパンめ！　おまえのせいだ！」

と、ガニマール警部《けいぶ》は、*宙《ちゅう》に向《む》かってどなりました。

これまで、ルパンは、どろぼうはしても、人《ひと》をきずつけたり、殺《ころ》したりしたことはありません。しかし、今回《こんかい》、はじめて、ルパンのしわざによって、人《ひと》が亡《な》くなったのです。

「ぜったいに、わしが、ルパンをつかまえます。そして、あの十二まいのかべかけを、取《と》りもどします！」

ガニマール警部《けいぶ》は、ルパンへのいかりとともに、大佐夫人《たいさふじん》にちかいました。

二週間後《しゅうかんご》。ガニマール警部《けいぶ》は、パリ警視庁《けいしちょう》にある自分《じぶん》のつくえで、頭《あたま》をなやませていました。そして、新聞《しんぶん》を何度《なんど》も、じっくりと読《よ》みかえしていました。

「――ガニマール、どうだね。スパルミエント大佐《たいさ》の事件《じけん》は、解決《かいけつ》できそうかね。」

そうたずねたのは、上司《じょうし》の、デュドゥイ部長《ぶちょう》でした。

「いいえ、まだです。いつも、ルパンの事件《じけん》ではわけのわからないことだらけですが、今回《こんかい》の事件《じけん》は、なおさらへんなことばかりです……。ただ、ちょっと気《き》がついたことがあるんです。今《いま》は、その線《せん》を追《お》いかけようと、思《おも》っているんです。」

「ほう。どんなことだね。」

「今回《こんかい》の事件《じけん》は、あいつ――ルパンらしくないと、わしは思《おも》います。みんなが知《し》っているとおり、ルパンは人《ひと》をきずつけたり、血《ち》を見《み》たりす

＊宙《ちゅう》…大空《おおぞら》。空中《くうちゅう》。

ることがきらいなんです。しかも、ルパンは、いつも、先《さき》のことを考《かんが》えて動《うご》きます。ですから、かべかけをぬすんだら、大佐《たいさ》がどうするか、わかっていたはずなんです。」

「なるほど。たしかにそうだな。」

部長《ぶちょう》はうで組《ぐ》みして、深《ふか》くうなずきました。

「だから、今回《こんかい》の事件《じけん》は、うらに何《なに》か、大《おお》きなひみつがあるのではないかと、わしは考《かんが》えました。」

「どんな、ひみつだね。」

「まだ、はっきりしません。ですが、やっと、ヒントをつかんだかもしれません。それで、これから、リール市《し》へ行《い》ってくることにします。」

ガニマール警部《けいぶ》は新聞《しんぶん》をつかみ、立《た》ちあがりました。

リール市《し》は、フランスの北西部《ほくせいぶ》にあります。となりの国《くに》であるベルギーに、かなり近《ちか》いところです。イギリスへ、船《ふね》でわたることができる、カレー港《こう》もすぐそばにあります。

「リールの町《まち》で何《なに》をするんだ、ガニマール。」

「ちょっと、調《しら》べたいことがあるんです。くわしくは、向《む》こうから、もどったらお話《はな》しします、部長《ぶちょう》。」

――いったい、ガニマール警部《けいぶ》は、何《なに》に気《き》づいたのでしょうか。

7 犯人《はんにん》はだれだ？

三日後《みっかご》の夜《よる》。

ガニマール警部《けいぶ》から、デュドゥイ部長《ぶちょう》に、電話《でんわ》がかかってきました。

「――ガニマールか。どうした？　今《いま》、どこにいる？」

「きのうから、わしは、パリにもどっています。今《いま》は、スパルミエント大佐《たいさ》の屋《や》しきの、すぐそばにいます。すぐに、警察官《けいさつかん》を十人《にん》ほど、こちらによこしてください。部長《ぶちょう》も、いっしょにおねがいします。」

「大佐《たいさ》の屋《や》しき？」

「ええ。屋《や》しきのうらに、庭《にわ》があります。そちらのほうへ、しずかに来《き》てください。うら門《もん》は、わしが開《あ》けておきますから。」

「どういうことなんだ、ガニマール。ルパンが見《み》つかったのか。」

「時間《じかん》がありません。くわしくは、あとでお話《はな》しします。」

そういうと、ガニマール警部《けいぶ》からの電話《でんわ》は切《き》れました。

約《やく》三十分後《ぷんご》、デュドゥイ部長《ぶちょう》と部下《ぶか》の警察官《けいさつかん》たちが、大佐《たいさ》の住《す》んでいた屋《や》しきに着《つ》きました。車《くるま》を屋《や》しきの少《すこ》し手前《てまえ》に止《と》めて、しのび足《あし》で大《たい》佐《さ》の屋《や》しきに近《ちか》づき、うら門《もん》へ回《まわ》ります。

あたりは、真《ま》っ暗《くら》です。屋《や》しきの二階《かい》と三階《かい》のまどに、明《あ》かりがついていました。

物《もの》かげから、そっと、ガニマール警部《けいぶ》が出《で》てきました。手《て》に、ランタン*を持《も》っています。


*ランタン…手《て》さげランプ。

「――来《き》てくれて、ありがとうございます、部長《ぶちょう》。」

「さあ、どういうことか、教《おし》えてくれ。」

部長《ぶちょう》は、まわりをあやしむように、きょろきょろしました。

「今夜《こんや》、ルパンを、わしらでつかまえたいと思《おも》います。みんなで屋《や》しきをかこみ、やつがにげだしてきたら、つかまえるのです。」

部長《ぶちょう》は、おどろきました。

「ルパンが、この屋《や》しきの中《なか》にいるのか!?」

ガニマールは、しっかりうなずきました。

すぐさま、デュドゥイ部長《ぶちょう》がつれてきた警察官《けいさつかん》

十人《にん》は、屋《や》しきをかこむようにちらばりました。

「デュドゥイ部長《ぶちょう》、わしは、信《しん》じられないような、新事実《しんじじつ》をつかみました。おどろくべき真相《しんそう》です。この前《まえ》も話《はな》しましたが、今回《こんかい》の事件《じけん》は、ルパンにしては、ちょっとへんでした。あいつは、血《ち》を流《なが》すことを、ひどくきらっています。スパルミエント大佐《たいさ》を、自殺《じさつ》に追《お》いこむようなことはしないやつです。

もう一《ひと》つは、あのパーティーのことです。とつぜん、非常《ひじょう》ベルが鳴《な》りだしたり、明《あ》かりが消《き》えたりしましたが、そのときには、かべかけはぬすまれませんでした。あれは、ベルや明《あ》かりのこしょうではなく、ルパンの作戦《さくせん》だったんです。パーティーに来《き》ていた人《ひと》たちをこわがらせ、帰《かえ》らせるための。」

「つまり、あの夜《よる》、あの場《ば》に、ベルや明《あ》かりのスイッチをおした人物《じんぶつ》——ルパンの仲間《なかま》がいたということだな。客《きゃく》の一人《ひとり》か！」

部長《ぶちょう》は、思《おも》わず大《おお》きな声《こえ》を出《だ》しそうになりました。

しかし、警部《けいぶ》は首《くび》をふりました。

「まねかれた客《きゃく》は、六十三人《にん》でした。そして、帰《かえ》ったのも同《おな》じ六十三人《にん》。その中《なか》に、あやしい人物《じんぶつ》はいませんでした。」

「すると、ルパンの手助《てだす》けをしたのは、まさか、大佐《たいさ》がやとった警備員《けいびいん》たちか。」

「ちがいます。」

「じゃあ、だれだ。外《そと》からだれもしのびこめない屋《や》しきで、かべかけが消《き》えたんだぞ。」

「屋《や》しきの中《なか》には、ほかにも人《ひと》がいましたよ。」

「だれだ――？」

「大佐《たいさ》と、大佐《たいさ》の妻《つま》のエディス、そして大《おお》ぜいの使用人《しようにん》たちです。」

警部《けいぶ》は、ひくい声《こえ》でいいました。

「おいおい、ガニマール。何《なに》をいいだすんだ。どうして、大佐《たいさ》と妻《つま》が、ルパンの手助《てだす》けをするんだ。大佐《たいさ》たちは、今回《こんかい》の事件《じけん》でかべかけをぬすまれ、亡《な》くなったひがい者《しゃ》だぞ。」

そういって、にがわらいするデュドゥイ部長《ぶちょう》に、ガニマール警部《けいぶ》は話《はなし》をつづけました。

「あの夜《よる》おそく、警察官《けいさつかん》と警備員《けいびいん》がねむってしまったあと、大佐《たいさ》は、自分《じぶん》で十二まいのかべかけをはずしたのです。

そして、寝室《しんしつ》のまどから、ひもで外《そと》におろしたのです。

外《そと》には、ルパンの部下《ぶか》が待《ま》っていて、それを受《う》けとり、持《も》ちさったわけです。

警察官《けいさつかん》と警備員《けいびいん》がねむってしまったのも、大佐《たいさ》のしわざです。大佐《たいさ》が、ねむり薬《ぐすり》の入《はい》ったコーヒーを、かれらに飲《の》ませたからです。」

「だが、そうだとしたら、どうして、大佐《たいさ》は自殺《じさつ》をしたんだ。ぬすみの計画《けいかく》がうまくいったというのに。」

「それが、トリックだったのです。」

「トリック？」

「大佐《たいさ》は、自殺《じさつ》をしていません。」

「ばかばかしい。死体《したい》がちゃんと、あるではないか。しかも、妻《つま》のエディスが、あれは夫《おっと》だとみとめているぞ。」

「死体《したい》は、あります。けれども、その死体《したい》は、大佐《たいさ》ではありませんでした——。」

と、ガニマール警部《けいぶ》は、まじめな顔《かお》で、ふしぎなことをいったのでした。

8 おどろくべき真相《しんそう》

「死体《したい》が、スパルミエント大佐《たいさ》ではない、というのかね。」

デュドゥイ部長《ぶちょう》の声《こえ》は、おどろきすぎて、かすれていました。

ガニマール警部《けいぶ》は、落《お》ちついた声《こえ》で答《こた》えました。

「そうです、部長《ぶちょう》。あれは、ちがう人《ひと》の死体《したい》です。その死体《したい》に、大佐《たいさ》の服《ふく》を着《き》せただけなのです。顔《かお》がわからなかったので、わしらは、服《ふく》や持《も》ち物《もの》と、妻《つま》エディスの＊証言《しょうげん》で、あれが大佐《たいさ》だと思《おも》いこんでしまったのです。」

「ふうむ。では、べつの人《ひと》の死体《したい》だとして、だれのものだ？」

＊証言《しょうげん》…ある事実《じじつ》や事《こと》がらについて、言葉《ことば》で明《あき》らかにすること。

「これは、この前《まえ》、部長《ぶちょう》と話《はな》していたときに、見《み》ていた新聞《しんぶん》です。」

ガニマール警部《けいぶ》は、ポケットから、新聞《しんぶん》の切《き》りぬきを取《と》りだしました。

そして、ランタンの光《ひかり》でてらし、部長《ぶちょう》に見《み》せました。

「これは、リール市《し》の新聞《しんぶん》です。大佐《たいさ》が自殺《じさつ》をした二日前《ふつかまえ》に、リール市《し》の近《ちか》くのふみきりで、列車《れっしゃ》にはねられて亡《な》くなった男《おとこ》がいます。身元《みもと》がわからないこの死体《したい》が、次《つぎ》の日《ひ》に、死体置《したいお》き場《ば》からぬすまれていたんで

すよ。

大佐《たいさ》は、ぬすんだ死体《したい》に自分《じぶん》の洋服《ようふく》を着《き》せて、ビル・ダブレー駅近《えきちか》くのトンネルの入《い》り口《ぐち》に、わざとおいておいたのです。そうして、大佐《たいさ》が列車《れっしゃ》にはねられ、自殺《じさつ》をしたかのように、見《み》せかけたわけです。」

「なんてことだ！」

部長《ぶちょう》は、さけぶようにいいました。

「たいしたトリックですね。」

「しかし、きみは、どうして、そのことに気《き》づいたんだ。」

「ビル・ダブレー駅《えき》の駅員《えきいん》が、『二日前《ふつかまえ》にも、リール市《し》の近《ちか》くで、男《おとこ》の人《ひと》が、列車《れっしゃ》にはねられました』といったのを、思《おも》いだしたからです。

わしは、リール市《し》に行《い》き、調《しら》べました。

すると、死体置《したいお》き場《ば》の横《よこ》に、あやしい黒《くろ》い車《くるま》が長《なが》いこと、止《と》まっていたのがわかりました。たぶん、その車《くるま》に乗《の》っていたルパンの部下《ぶか》が、死体《したい》をぬすんでいったのでしょう。

また、同《おな》じような黒《くろ》い車《くるま》が、ビル・ダブレー駅近《えきちか》くのトンネルのあたりでも、見《み》かけられていました。」

「すると、ほんとうは、大佐《たいさ》は生《い》きているのか。」

部長《ぶちょう》は、おどろいた顔《かお》のまま、たずねました。

「生《い》きています。部長《ぶちょう》や、わしが生《い》きているのと同《おな》じように。」

と、力強《ちからづよ》く答《こた》えるガニマール警部《けいぶ》に、部長《ぶちょう》はゆっくりとたずねました。

「列車《れっしゃ》から、一まいだけかべかけをぬすみ、返《かえ》したのも大佐《たいさ》のしわざか。そのあと、また十二まいのかべかけを、ぬすんだわけだが。」

「そうです、すべて大佐《たいさ》の犯行《はんこう》です。かべかけのありかを知《し》らせる手紙《てがみ》が来《き》ましたが、それも、大佐《たいさ》が送《おく》ってきたのですよ。」

「だが、なぜ、大佐《たいさ》は、そんなわけのわからんことをしたんだ。わざわざ、自分《じぶん》のかべかけを。まともじゃないぞ。」

「たしかに、まともではありません。まあ、ルパンの犯行《はんこう》に、まともだったことなんて、一度《いちど》もありませんよ。」

と、ガニマール警部《けいぶ》は、いまいましそうにいいました。

「では、ガニマール。いったい、大佐《たいさ》は、今《いま》、どこにいるんだ。」

「いません。どこにも。なぜなら、スパルミエント大佐《たいさ》なんていう人《ひと》は、はじめから、この世《よ》にいなかったからです。

名前《なまえ》だけの人物《じんぶつ》です――。

その正体《しょうたい》は、ルパンです、ルパンの変装《へんそう》だったのです！　大佐夫人《たいさふじん》のエディスも使用人《しようにん》たちも、ルパンの仲間《なかま》だったんです。」

ガニマールの言葉《ことば》に、デュドゥイ部長《ぶちょう》は、目《め》を大《おお》きく見開《みひら》きました。

9 ルパンの計画《けいかく》

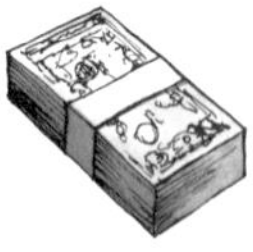

デュドゥイ部長《ぶちょう》は、暗《くら》やみの中《なか》にある、スパルミエント大佐《たいさ》の屋《や》しきを、見上《みあ》げました。

「――今《いま》、この中《なか》にルパンがいるのだな。だから、わたしたちをよんだのか。」

「そうです。あいつをここで、とらえるためです。」

ガニマール警部《けいぶ》は、目《め》を細《ほそ》め、うれしそうに答《こた》えました。

「しかし、まだわけがわからない。ルパンはなぜ大佐《たいさ》に化《ば》けて、そんなややこしいまねをしたのだ。だいたい、自分《じぶん》で自分《じぶん》の物《もの》をぬすんだっ

て、なんのとくにも、ならないじゃないか。」

「それが、もうかるのです、部長《ぶちょう》。大佐夫人《たいさふじん》は生《い》きています。となると、大佐《たいさ》が十二まいのかべかけにかけた、保険金《ほけんきん》が手《て》に入《はい》るじゃないですか。かべかけをルパンにうばわれたことで、大金《たいきん》が、大佐夫人《たいさふじん》のものになるんですよ。やつらのねらいは、はじめから保険金《ほけんきん》だったのです。」

「ううむ。なんという悪《わる》だくみだ。」

部長《ぶちょう》は、うめくようにいいました。

「もちろん、かべかけも、自分《じぶん》でぬすんでどこかにかくしてあるので、大佐《たいさ》――いいえ、ルパン――は、まったくそんをしないのです。」

「保険金《ほけんきん》は、いくら、もらえるのだ？」

「全部《ぜんぶ》で、八十万《まん》フランです。」

「そんなにか！」

今《いま》の日本のお金《かね》だと、八億円《おくえん》くらいという、すごい大金《たいきん》です。デュドゥイ部長《ぶちょう》も、あっけにとられています。

「きのうまでに、大佐夫人《たいさふじん》は四十万《まん》フランを受《う》けとりました。のこりも、あと二回《かい》に分《わ》けて、もらえることになっています。夫人《ふじん》がにげずに、まだ、この屋《や》しきにのこっているのは、そのためなのです。」

「それは、たいへんだ。のこりの保険金《ほけんきん》が下《お》りるのを、保険会社《ほけんがいしゃ》にいって、止《と》めな

くては。どうせ、エディスというのも、にせの名前《なまえ》だな。」

「そうです、部長《ぶちょう》。調《しら》べましたら、かのじょのほんとうの名前《なまえ》は、ソニアでした。イギリス人《じん》ではなくて、ロシア人《じん》です。ルパンの命令《めいれい》なら、なんでもしたがう仲間《なかま》なんです。」

「よし。ならば、中《なか》に入《はい》って、ルパン一味《いちみ》をつかまえてやる！」

デュドゥイ部長《ぶちょう》はポケットからピストルを取《と》りだすと、先《さき》に立《た》って、うら口《ぐち》へ向《む》かいました。

10 ルパンとの対決《たいけつ》

ガニマール警部《けいぶ》は、針金《はりがね》を取《と》りだすと、ドアのかぎあなにさしこみました。何度《なんど》か、それをひねっていると、カチリと音《おと》がして、かぎが開《あ》きました。

「非常《ひじょう》ベルも鳴《な》りませんね。あいつは、ゆだんしているんでしょう。」

と、ランタンを手《て》にしたガニマール警部《けいぶ》は、ささやきました。

部長《ぶちょう》は、だまって、うなずきました。

中《なか》に入《はい》り、ろう下《か》を進《すす》み、大階段《だいかいだん》のある広間《ひろま》に出《で》ました。

見上《みあ》げると、二階《かい》と三階《かい》に、明《あ》かりがついています。

「部長《ぶちょう》。ルパンは、きっと上《うえ》にいます。」

ガニマール警部《けいぶ》が小声《こごえ》でいい、二人《ふたり》が、大階段《だいかいだん》を上《のぼ》ろうとしたとき、

「まあ、どなたですの!?」

と、上《うえ》から声《こえ》が聞《き》こえました。

するどい声《こえ》を上《あ》げたのは、大佐夫人《たいさふじん》のエディスでした。三階《かい》の手《て》すりから、こちらを見下《みお》ろしています。

その横《よこ》には、使用人《しようにん》がいました。白髪《しらが》まじりで、*ねこ背《ぜ》の老人《ろうじん》です。

ガニマール警部《けいぶ》は、上《うえ》を見《み》て、どなりました。

「エディス――いや、ソニア。もう何《なに》もかも、わかっている。おまえが、ルパンの仲間《なかま》だということもな。それに、ルパンが、スパルミエント大佐《たいさ》に化《ば》けていたことも知《し》っている。かべかけ事件《じけん》は、すべて保険金《ほけんきん》

*ねこ背《ぜ》…首《くび》が前《まえ》に出《で》て、背中《せなか》が曲《ま》がっていること。

のためのトリックだったのだろう！」

「まあ、ルパンなんて、知《し》りませんわ！」

「だまれ。うそをつくな。さっさと、ルパンをつれてこい。おまえたちを、逮捕《たいほ》してやる！」

すると、おどろいたことに、白髪《しらが》の老人《ろうじん》が、大声《おおごえ》でわらいだしました。

「ハハハハハ。ようこそ、ガニマール警部《けいぶ》。よく、エディスのことを見《み》ぬきましたね。保険金《ほけんきん》のことに気《き》づいたのも、さすがです。ですが、ぼくの変装《へんそう》は、見《み》ぬけなかったようですね。」

そういうと、老人《ろうじん》は、白髪《しらが》のかつらを取《と》り、顔《かお》をそでふきました。

それから、こしをのばし、むねをはると、がっしりした体《からだ》つきの、軍人《ぐんじん》らしい男性《だんせい》になったのです。

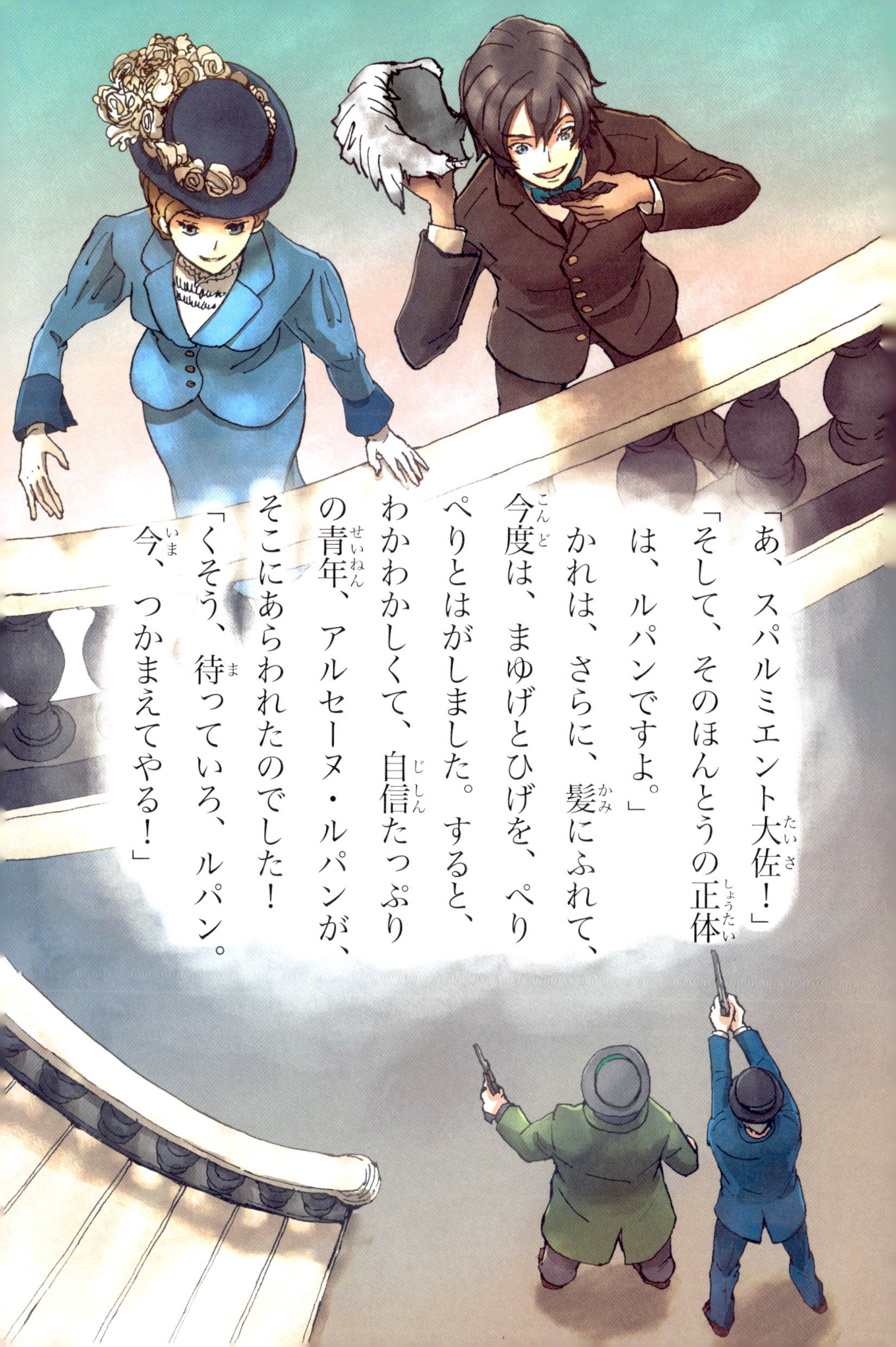

「あ、スパルミエント大佐《たいさ》！」

「そして、そのほんとうの正体《しょうたい》は、ルパンですよ。」

かれは、さらに、髪《かみ》にふれて、今度《こんど》は、まゆげとひげを、ぺりぺりとはがしました。すると、わかわかしくて、自信《じしん》たっぷりの青年《せいねん》、アルセーヌ・ルパンが、そこにあらわれたのでした！

「くそう、待《ま》っていろ、ルパン。今《いま》、つかまえてやる！」

どなりながら、ガニマール警部《けいぶ》はピストルをかまえ、階段《かいだん》をかけあがりました。デュドゥイ部長《ぶちょう》も、あとにつづきます。

その間《あいだ》に、ルパンとソニアは、そばの部屋《へや》ににげこんでいました。ガニマール警部《けいぶ》たちは、かぎのかかったドアに体当《たいあ》たりし、三回《かい》ぶつかって、やっとドアをやぶることができました。中《なか》は、真《ま》っ暗《くら》でした。

デュドゥイ部長《ぶちょう》が、明《あ》かりのスイッチを見《み》つけると、天《てん》じょうのシャンデリアが、ぱっと明《あか》るくかがやきました。

「あっ、いない！」

と、ガニマール警部《けいぶ》はおどろきました。

「どこへ行《い》った!?」

と、デュドゥイ部長《ぶちょう》もあたりを見《み》わたしました。部屋《へや》の中《なか》には、タンスや本《ほん》だな、ベッド……どこにも、二人《ふたり》のいる気配《けはい》はありません。まどは、かぎがかかったままです。

部屋《へや》を進《すす》むと、おくにふろ場《ば》とトイレがありましたが、そこにもルパンたちは、いません。そして、このまどにも、かぎがかかっています。

そう、ルパンは、またしても、ガニマール警部《けいぶ》の目《め》の前《まえ》から、あざやかに消《き》えうせてしまったのです！

11

わらうルパン

——話《はな》しおえたルパンは、にこにこしながら、コーヒーを一口《ひとくち》飲《の》みました。

「さあ、どうだい、ルブラン。これが、あの『古《ふる》いかべかけ事件《じけん》』の真《しん》相《そう》なんだよ。結局《けっきょく》、ガニマール警部《けいぶ》は、いつものように、ぼくをつかまえることができなかったわけさ。」

わたしは、感心《かんしん》しながらいいました。

「たしかに、きみは頭《あたま》がいいね。十二まいのかべかけを使《つか》って、保険金《ほけんきん》を手《て》に入《い》れようだなんて。ほかのだれにも、思《おも》いつかないトリックだ。

けれども、ガニマール警部《けいぶ》がちえをしぼったおかげで、きみがもらえた保険金《ほけんきん》は、半分《はんぶん》の四十万《まん》*フランになったんだね。」

ルパンは、かたをすくめました。

「まあ、そうだけど、よくばらないよ。それで十分《じゅうぶん》だ。」

「それにしても、どうしてきみは、三階《かい》の寝室《しんしつ》から、ソニアといっしょに、にげさることができたんだい。屋《や》しきのまわりにも、警察官《けいさつかん》たちが見《み》はっていたのだろう。」

「なあに。ぼくはつねに、用意《ようい》をしておくことをわすれないのさ。つまり、にげる方法《ほうほう》を考《かんが》えてあるんだ。

あの屋《や》しきの場合《ばあい》には、寝室《しんしつ》の本《ほん》だなの後《うし》ろに、ひみつの階段《かいだん》を作《つく》っておいた。せまい階段《かいだん》だけど、

＊四十万《まん》フラン…今《いま》のお金《かね》で、およそ四億円《おくえん》。

一階《かい》の台所《だいどころ》へ下《お》りることができる。ぼくとソニアは、その階段《かいだん》を使《つか》って、にげたんだよ。警部《けいぶ》さんたちが来《き》たのは、わかっていたからね。警部《けいぶ》さんは、ごあいさつするため屋《や》しきに入《い》れて、その間《あいだ》に部下《ぶか》たちを先《さき》に階段《かいだん》に向《む》かわせたのさ。」

「でも、どうやって、屋《や》しきの外《そと》へ出《で》たんだい。」

「かんたんさ。一階《かい》のまどを板《いた》ばりにしたときに、その一《ひと》つをドアにしておいた。内側《うちがわ》からは、とびらのように開《あ》けしめができるんだ。ガニマール警部《けいぶ》は、板《いた》ばりの見《み》た目《め》から、一階《かい》のまどは、全部《ぜんぶ》、開《あ》かなくなっていると思《おも》いこんでいたわけさ。

それから、ガニマール警部《けいぶ》の声《こえ》をまねて、ぼくは大声《おおごえ》を出《だ》した。『ルパンが、うら口《ぐち》からにげたぞ！』ってね。すると、かれの部下《ぶか》はみんな、あわてて、うら庭《にわ》のほうへ走《はし》っていった。その間《あいだ》に、ぼくはかくしドアから外《そと》へ出《で》て、ゆうゆうと、あの屋《や》しきを立《た》ちさったというわけだよ。」

わたしは、ルパンが、ものまねや、腹話術《ふくわじゅつ》の名人《めいじん》であることを思《おも》いだしました。

「ルブラン。きみも知《し》っているとおり、ぼくは楽《たの》しいことが大《だい》すきで、たいくつすることが大《だい》きらいだ。ガニマール警部《けいぶ》をからかっていると、ぼくは、楽《たの》しくて仕方《しかた》がないのさ――。」

そういって、ルパンは、いたずらっ子《こ》のように、くすくすわらったのでした。

（「古《ふる》いかべかけのひみつ」おわり）

物語《ものがたり》について

怪盗紳士《かいとうしんし》ルパンの大活《だいかつ》やく！

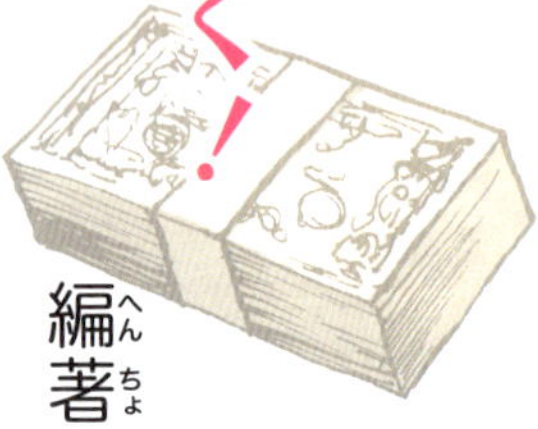

編著《へんちょ》・二階堂黎人《にかいどうれいと》

この本《ほん》の主人公《しゅじんこう》、アルセーヌ・ルパンは、そう、世界《せかい》でいちばん有名《ゆうめい》な大怪盗《だいかいとう》です。ルパンは、どんなところへでもさっそうとしのびこみ、ねらったものをかならずぬすみだすので、みんなから、「怪盗紳士《かいとうしんし》」とか「まぼろしの怪盗《かいとう》」とよばれています。どろぼうですが、かれがねらうのは、悪《わる》いことをする政治家《せいじか》とか、意地悪《いじわる》な金持《かねも》ちなど、悪人《あくにん》と決《き》まっています。そして、か弱《よわ》い女性《じょせい》やかわいそうな子《こ》どもの味方《みかた》なのです。

作者《さくしゃ》モーリス・ルブランはフランスの作家《さっか》で、一八六四年《ねん》にノルマンディー地《ち》方《ほう》のルーアン市《し》に生《う》まれ、一九四一年《ねん》に七十七歳《さい》でなくなりました。ルパンの物《もの》語《がたり》にも登場《とうじょう》するのが、おもしろいですね。

この本《ほん》では、ルパンの、わくわくどきどきする冒険談《ぼうけんだん》の中《なか》から、とくにおどろ

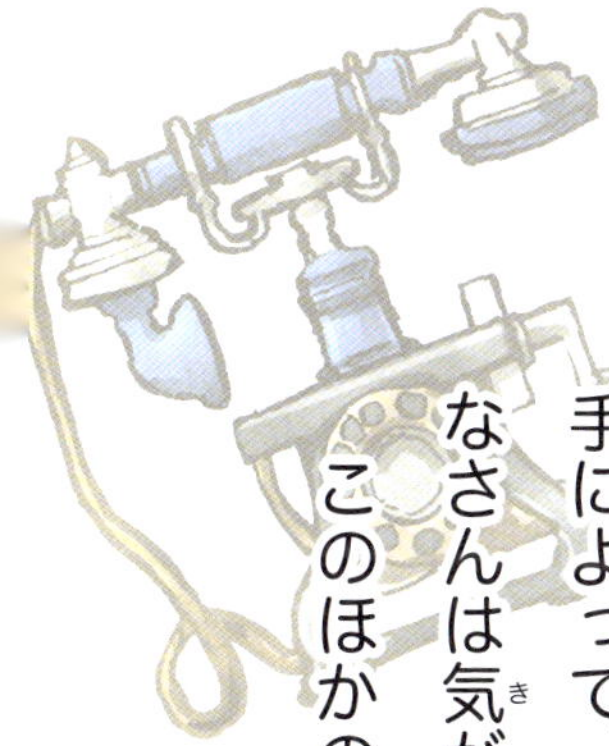

きの事件《じけん》をえらびました。どちらも、ふつうではありえないような事件《じけん》が起《お》きますが、みなさんもその真相《しんそう》を知《し》って、目《め》を丸《まる》くして、びっくりしたのではないでしょうか。

「王妃《おうひ》の首《くび》かざり」は、ルパンの第《だい》一短編集《たんぺんしゅう》『怪盗紳士《かいとうしんし》ルパン』（一九〇七年《ねん》）の中《なか》に入《はい》っている話《はなし》です。人《ひと》がまったく出入《でい》りができないはずの小部屋《こべや》から、大事《だいじ》な首《くび》かざりが、なぜかなくなってしまいます。ルパンの子《こ》ども時代《じだい》の話《はなし》で、ルパンがなぜ、怪盗《かいとう》になったのかが、これを読《よ》めばわかります。

「古《ふる》いかべかけのひみつ」は、「白鳥《はくちょう》の首《くび》のエディス」という題名《だいめい》で、第《だい》二短編集《たんぺんしゅう》の『ルパンの告白《こくはく》』（一九一三年《ねん》）に入《はい》っている話《はなし》です。警察官《けいさつかん》によってしっかり見《み》はられている高価《こうか》なかべかけが、「ぬすみますよ」と、予告《よこく》したルパンの手《て》によって、ほんとうにうばわれてしまいます。あざやかなトリック、読者《どくしゃ》のみなさんは気《き》がつきましたか。

このほかの物語《ものがたり》も、ぜひ読《よ》んで推理《すいり》を楽《たの》しんでみてください。

もっと もっと
お話《はなし》を読《よ》みたい子《こ》に…

10歳《さい》までに読《よ》みたい世界名作《せかいめいさく》 シリーズ

ここでも読《よ》める! ルパンのお話《はなし》

怪盗《かいとう》 アルセーヌ・ルパン

大金持《おおがねも》ちから盗《ぬす》みをはたらくが、弱《よわ》い人《ひと》は助《たす》ける怪盗紳士《かいとうしんし》、アルセーヌ・ルパン。あざやかなトリックで、次々《つぎつぎ》に世界中《せかいじゅう》の人《ひと》をびっくりさせる事件《じけん》を起《お》こす!

ISBN978-4-05-204190-7

Episode《エピソード》 01 怪盗《かいとう》ルパン対悪魔男爵《たいあくまだんしゃく》

古城《こじょう》に住《す》む男爵《だんしゃく》に届《とど》けられた、盗《ぬす》みの予告状《よこくじょう》。差出人《さしだしにん》は、刑務所《けいむしょ》にいるはずのアルセーヌ・ルパン! ろう屋《や》の中《なか》のルパンが、どうやって美術品《びじゅつひん》を盗《ぬす》むというのか!?

Episode《エピソード》 02 怪盗《かいとう》ルパンゆうゆう脱獄《だつごく》

「裁判《さいばん》には出《で》ない」といいはなち、ろう屋《や》からの脱走《だっそう》を予告《よこく》するルパン。そしてルパンの裁判《さいばん》の日《ひ》、たくさんの人《ひと》の前《まえ》にあらわれた男《おとこ》は、まったくの別人《べつじん》だった!?

全《ぜん》2作品《さくひん》
+
物語《ものがたり》ナビ付《つ》き

お話《はなし》がよくわかる!
『物語《ものがたり》ナビ』が大人気《だいにんき》

カラーイラストで、登場人物《とうじょうじんぶつ》やお話《はなし》のことが、すらすら頭《あたま》に入《はい》ります。

ISBN978-4-05-204062-7

こっちもおもしろい！ ホームズのお話《はなし》

名探偵《めいたんてい》 シャーロック・ホームズ

世界一《せかいいち》の名探偵《めいたんてい》ホームズが、とびぬけた推理力《すいりりょく》で、だれも解決《かいけつ》できないおかしな事件《じけん》にいどむ！ くりだされるなぞ解《と》きと、犯人《はんにん》との対決《たいけつ》がスリル満点《まんてん》。

事件《じけん》 File《ファイル》 01 まだらのひも

ホームズの部屋《へや》へ来《き》た女《おんな》の人《ひと》が話《はな》した、おそろしい出来事《できごと》。夜中《よなか》の口笛《くちぶえ》、決《けっ》して開《あ》かないまど、ふたごの姉《あね》が死《し》ぬ前《まえ》に口《くち》にした言葉《ことば》「まだらのひも」とは何《なに》か……!?

しばらくしてから、ホームズがたずねました。

「はい……。あまりおかしな死に方だというので、いろいろ調べてくださったのですが、姉の部屋は、まどもドアも内側からかぎがかかって、だれも出入りができませんでしたし、何より、なぜ死んだかが、わからなかったのです。」

「お姉さんは、ねまきを着ておられましたか。それとも起きているときの服でしたか？」

「ねまきを着ていました。手にはマッチのもえさしを持っておりました。」

「ふーむ。ということは、ねていたときに、何かに気づいて、それをたしかめようとしてマッチをつけたんでしょうね。」

ホームズがいいました。そのあとにつづけて、

「お姉さんは、たしかに『まだらのひも』とさけんだのですね。」

「はい、英語で『スペックルド・バンド』と、はっきりと。」

ヘレンがいったとき、ぼくはふと思いついたことがあって、口をはさみました。


ほか全《ぜん》3作品《さくひん》を収録《しゅうろく》。

このつぎなに読《よ》む？

10歳《さい》までに読《よ》みたい世界名作《せかいめいさく》 シリーズ

好評発売中！

赤毛のアン

トム・ソーヤの冒険

オズのまほうつかい

ガリバー旅行記

若草物語

名探偵シャーロック・ホームズ

小公女セーラ

シートン動物記「オオカミ王ロボ」

アルプスの少女ハイジ

西遊記

ふしぎの国のアリス

怪盗アルセーヌ・ルパン

ひみつの花園

宝島

あしながおじさん

アラビアンナイト シンドバッドの冒険

少女ポリアンナ

ロビンソン・クルーソー

フランダースの犬

岩くつ王

家なき子

三銃士

王子とこじき

海底二万マイル

編著　**二階堂黎人**（にかいどう　れいと）

1959年東京都生まれ。90年、第1回鮎川哲也賞で『吸血の家』が佳作入選。92年、『地獄の奇術師』（講談社）でデビュー。推理小説を中心にして、名探偵二階堂蘭子を主人公にした『人狼城の恐怖』四部作（講談社）、水乃サトルを主人公にした『智天使の不思議』（光文社）、ボクちゃんこと6歳の幼稚園児が探偵として活躍する『ドアの向こう側』（双葉社）など、著書多数。大学時代に手塚治虫ファンクラブの会長を務め、手塚治虫の評伝『僕らが愛した手塚治虫』シリーズ（小学館）も発表している。

絵　**清瀬のどか**（きよせ　のどか）

漫画家・イラストレーター。代表作に『鋼殻のレギオス MISSING MAIL』『FINAL FANTASY XI LANDS END』（ともにKADOKAWA）、『学研まんがNEW日本の歴史04-武士の世の中へ-』『10歳までに読みたい世界名作12巻 怪盗アルセーヌ・ルパン』（ともに学研）など。

原作者

モーリス・ルブラン

1864年、フランスのルーアンに生まれた、推理、冒険小説家。
1905年に「怪盗ルパン」シリーズを出し、世界中の人々に読まれるベストセラーとなる。

一部イラスト／鯉沼菜奈　写真提供／学研 資料課

10歳までに読みたい名作ミステリー

怪盗アルセーヌ・ルパン
王妃の首かざり

2016年11月1日　第1刷発行
2024年7月18日　第8刷発行

原作／モーリス・ルブラン
編著／二階堂黎人
絵／清瀬のどか
装幀デザイン／相京厚史・大岡喜直(next door design)
巻頭デザイン／佐藤友美・藤井絵梨佳（株式会社昭通）
発行人／土屋徹
編集人／芳賀靖彦
企画編集／松山明代　石尾圭一郎　永渕大河
編集協力／勝家順子　上埜真紀子
DTP／株式会社アド・クレール
発行所／株式会社Gakken
〒141-8416 東京都品川区西五反田2-11-8
印刷所／株式会社広済堂ネクスト

この本に関する各種お問い合わせ先
●本の内容については、下記サイトのお問い合わせフォームよりお願いします。
https://www.corp-gakken.co.jp/contact/
●在庫については　Tel 03-6431-1197（販売部）
●不良品（落丁、乱丁）については　Tel 0570-000577
学研業務センター
〒354-0045　埼玉県入間郡三芳町上富279-1
●上記以外のお問い合わせは
Tel 0570-056-710（学研グループ総合案内）

NDC900　170P　21cm

学研グループの書籍・雑誌についての新刊情報・詳細情報は、下記をご覧ください。
学研出版サイト　https://hon.gakken.jp/

VEGETABLE OIL INK
この本は環境負荷の少ない下記の方法で制作しました。
●製版フィルムを使用しないCTP方式で印刷しました。
●一部ベジタブルインキを使用しました。
●環境に配慮して作られた紙を使用しています。

物語《ものがたり》を読《よ》んで、
想像《そうぞう》のつばさを
大《おお》きく羽《は》ばたかせよう！
読書《どくしょ》の幅《はば》を
どんどん広《ひろ》げよう！

シリーズキャラクター
「名作《めいさく》くん」

「10歳《さい》までに読《よ》みたい名作《めいさく》ミステリー
怪盗《かいとう》アルセーヌ・ルパン」シリーズ
ルパン－④、ルパン－⑤も読《よ》んだら、
ひとつの言葉《ことば》になるのだよ。
ちょうせんしたまえ。

メルシ